音视频普及版

国学传世经典名师导读丛书

楚辞

【战国】屈原◎著

总主编　胡大雷

主编　冯强

漓江出版社

图书在版编目（CIP）数据

楚辞 /（战国）屈原著；胡大雷总主编. -- 桂林：
漓江出版社, 2025.1. --（国学传世经典名师导读
丛书）. --ISBN 978-7-5801-0110-5

Ⅰ. I222.3

中国国家版本馆 CIP 数据核字第 2024HF1321 号

楚辞　CHUCI

著　　　者	【战国】屈　原	
总　主　编	胡大雷	
主　　　编	冯　强	

出　版　人	梁　志	
策 划 统 筹	林晓鸿　　陈植武	
责 任 编 辑	杨海涛	
助 理 编 辑	覃佩雯	
装 帧 设 计	林晓鸿　　红杉林	
责 任 监 印	杨　东	

出 版 发 行	漓江出版社有限公司		
社　　　址	广西桂林市南环路 22 号		
邮　　　编	541002		
发 行 电 话	010-5699511	0773-583322	0771-211361
传　　　真	010-5891290	0773-582200	
邮 购 热 线	0773-582200	0771-211361	
网　　　址	www.lijiangbooks.com		
微信公众号	lijiangpress		

印　　　制	河北赛文印刷有限公司
开　　　本	710 mm×1000 mm　1/16
印　　　张	13
字　　　数	198 千字
版　　　次	2025 年 1 月第 1 版
印　　　次	2025 年 1 月第 1 次印刷
书　　　号	ISBN 978-7-5801-0110-5
定　　　价	36.80 元

前言

胡大雷

古今中外都说"上学读书"。读什么书,其中之一就是读国学经典。习近平总书记说:"实现中国梦必须走中国道路、弘扬中国精神、凝聚中国力量。"中国精神,体现在中国人的行为实践中,也体现在国学经典里。国学经典集中传统文化的精华,把古往今来中国人的行为实践概括为语言文字,凝聚为学术知识。

从国学经典里,我们可以读到什么、学到什么?

第一,我们学到了中国人治国理政的作为、做人做事的规范。古代的"经书""垂世立教",就是用以传承的治国理政的纲要,读"经书",就是要懂得做人的规范,比如《论语》倡导的"仁礼孝德""温良恭俭让"等。做人要诚己刑物,以自己的真诚去匡正社会。

第二,我们坚定了以爱国主义为核心的民族精神,以此凝聚与铸牢中华民族共同体意识。《春秋》讲"大一统",所谓"六合同风,九州共贯";司马迁《史记》讲"大一统","大一统"是贯穿中华民族爱国主义精神的一条红线,成为中华民族的精神基因。从《诗经》到屈原的《离骚》,从杜甫的诗句中,从文天祥的《正气歌》、林则徐等人的作品中,我们看到国学经典中有着怎样的对国家民族的期望。爱国主义精神又体现在"天下兴亡,匹夫有责"的名言以及范仲淹"先天下之忧而忧,后天下之乐而乐"的豪言壮语中。

第三,我们读到了中国人的智慧。老子《道德经》说:"上善若水,水善利万物而不争。"而且如此智慧的语言又体现在执行能力上,习近平总书记提出,领导者要有老子《道德经》所说"治大国,若烹小鲜"的态度。孟子云:"穷则独善其身,达则兼济天下。"道儒两家为人处世的智慧体现在其中。《庄子》讲"无以人灭天,无以故灭命",教导我们要与自然相适应;

讲"言者所以在意，得意而忘言"，昭示我们要探究事物更深层面的道理。墨子讲"言有三表"，指明判断真理的几大标准。孟子讲"说诗者，不以文害辞，不以辞害志"，讲知人论世，以智慧去实施文学批评。这些都值得当代人借鉴。

第四，我们读到了中国人建设美好家园的奋斗精神。国学经典中多有告诉我们如何通过奋斗来实现生活目标的叙写，如"愚公移山"。习近平总书记指出："我们要立下愚公移山志，咬定目标、苦干实干，坚决打赢脱贫攻坚战。""让我们大力弘扬愚公移山精神，大力弘扬将革命进行到底精神，在中国和世界进步的历史潮流中，坚定不移把我们的事业不断推向前进，直至光辉的彼岸。"这些重要论述，赋予传统文化中的奋斗精神以新的时代内涵。

第五，我们得到了文学的享受。国学经典各有文体，它们尽显各自的风采。从语言格式来说，有《诗经》的四言、《楚辞》的"兮"字，又有五言、七言及其律化，曲词的长短句，无所不用，只求尽兴尽情。除诗以外，文分散、骈，不拘一格，无不朗朗上口，贴切合心。从表达功能来说，或抒情，或说理，或叙事，使读者赏心悦目，便是上乘之作。

我们是中华民族的传人，一呱呱落地，就接受着传统文化的阳光雨露。我们每一个中国人，无论老幼，无论从事什么职业，都应该善于学习，多读国学经典。中华文化是我们的精神家园，国学经典是我们精神家园的文本载体。今天，我们读国学经典，就是树立做一个中国人的根本，就是为了传承中华优秀传统文化，令其生生不息，并赋予其新的时代内涵。

为了帮助广大读者学习和阅读国学经典，强化记忆，编者精心选编了这套国学经典丛书，设置名师导读、原文、注释、译文、名师点评、延伸阅读、学海拾贝或思考问答等版块，对原著进行分析解读，并在每本书中附加60分钟左右的音视频，范读内容均为经典段落、格言警句或诗词赏析。本套书参考引用了历代学者或今人的研究成果，未能详细列出，在此特别说明，并对众多国学研究者的辛勤劳动致以谢忱！

书路领航

作者简介

　　屈原是《楚辞》的核心人物，也是主要作者。屈原，名平，字原，生卒年月没有相关史料记载。屈原历经楚怀王和楚顷襄王两朝，史学界大致推测他生于公元前 339 年，卒于公元前 278 年。

　　约公元前 339 年，屈原在楚都丹阳秭归（今湖北省宜昌市）出生，少年时受过良好的教育，博学多才，胸怀大志。早年时期，屈原官拜左徒大夫，深得楚怀王信任。《史记·屈原贾生列传》中记载，屈原"入则与王图议国事，以出号令；出则接遇宾客，应对诸侯"。在当时，楚国和秦国同属强国，都有统一天下的雄心。屈原为辅佐楚怀王实现统一大业，主张章明法度，举贤任能，改革政治，对内施行"美政"，对外联齐抗秦。在屈原的不懈努力下，楚国一度出现了国富民强、威震诸侯的局面。但是，屈原为人正直，在制定法律法规时，由于不愿与上官大夫靳尚同流合污，再加上"美政"触犯了以楚怀王幼子子兰为首的保守贵族集团的利益，遭到了同僚和这些贵族的陷害，而被楚怀王疏远。公元前 304 年，秦国使者张仪以秦六百里土地为饵，诱骗楚怀王与齐国断交。楚怀王发现被骗之后，举全国之力向秦国发动进攻却惨遭大败。公元前 299 年，秦王以归还失地为由诱骗楚怀王入秦。屈原极力劝阻楚怀王，却触怒楚怀王，被逐出郢都（今湖北省荆州市荆州区），流放到荒凉的汉北（今湖北省汉川市北部及应城市南部一带）。最后，楚怀王入秦被扣留三年而死。

　　楚怀王被扣留期间，太子熊横即位，为楚顷襄王。楚顷襄王屈服于秦国，与屈原的政治主张正好相反，子兰等主和派视屈原为眼中钉，屈原再度遭到迫害，被流放到更远的江南，在沅、湘之间流浪。公元前 278 年，秦国大将白起率军攻破郢都，楚国灭亡。屈原的政治理想随之破灭。在悲愤绝望之下，他决定以死明志，就在同年五月初五投汨罗江而死。

屈原是中国文学史上第一位以个人作品传世的伟大诗人。

创作背景

春秋时期，楚地一带就有其独特的地方音乐，被称为南风或南音；也有独特的民间歌谣，在刘向所编的古代杂史小说集《说苑》中就有相关记载，如《越人歌》《沧浪歌》《楚人歌》等。而且，楚国历史悠久，保留了大量的民族遗风，如巫风就较为盛行。楚人常以歌舞娱神，使得神话大量保存，诗歌、音乐得到了快速发展。

另外，楚国地处长江流域，春秋战国时期，楚国国势日益强大。在疆土不断拓展的过程中，与北方各国频繁接触，南北方文化的广泛交流使得楚国文化在保持其原始特征的基础上，融合了大量的北方中原文化。

而正是在这样的文化背景下，孕育出了屈原这样伟大的诗人。他在楚国民歌的基础上加工、提炼，从而创作出了《楚辞》这样伟大的作品。可以说，《楚辞》不仅是楚地民歌受楚地传统文化熏陶的产物，还是南方楚国文化和北方中原文化相结合的产物。

但目前所通行的《楚辞》版本，并不是屈原一人所作，还有宋玉、贾谊、王褒等辞赋家承袭屈原的作品所创作的优秀诗篇。西汉末年，刘向将屈原、宋玉等人的作品汇编成集，计有《离骚》《九歌》《天问》《九章》《远游》《卜居》《渔父》《九辩》《招魂》《大招》《惜誓》《招隐士》《七谏》《哀时命》《九怀》《九叹》共十六篇，定名为《楚辞》。从此，"楚辞"便从一个泛称逐渐成了以屈骚作品为核心的专称。后来，东汉文学家王逸又在此基础上，加入自己的作品《九思》，共计十七篇。这个十七篇的篇章结构，就是现在所通行的版本。

内容提要

　　《楚辞》是我国古代一部重要的诗歌作品集。"楚辞"之名最早见于《史记·酷吏列传》，可见这一名称最迟在汉代前期就已存在。"楚辞"本意是指流传于楚地民间的歌谣，到刘向辑录成集以后才逐渐成为专称，指以战国时楚国屈原的创作为代表的新诗体。

　　《楚辞》采用楚地的方言声韵，主要描写了楚地的山川人物、历史风情，具有浓厚的地域文化色彩。现在通行本《楚辞》一共有十七篇，有九篇出自屈原之手，其余八篇也都是承袭屈赋的作品的形式，全书作品想象奇特，感情奔放，所以《楚辞》有时也被称为"楚辞体"或"骚体"，其中"骚"是因《离骚》而得名，故"后人或谓之骚"。《楚辞》主要凝聚的是在痛苦和挣扎中对高洁情操与理想坚守不屈的屈原精神。本书节选了屈原的主要作品，有《离骚》《九歌》《天问》《九章》《卜居》《渔父》六篇。

　　屈原的这六篇作品大致可以分为三类：第一类是屈原政治抒情之作，包括《离骚》《九章》《卜居》《渔父》，这些都有事可据、有义可陈，重在表现屈原的个人遭遇和内心情愫，最能体现屈原的思想，其中《离骚》是屈原全部创作的重点；第二类是屈原根据楚国祀神乐曲再创作的抒情诗《九歌》，其将神话、历史和文学完美融于一体，展示出屈原丰富的想象力；第三类是屈原以神话、传说为材料创作的诗篇《天问》，以一百七十多个问题的形式构成了奇特的发问体诗歌，展现了屈原大胆的怀疑批判精神。其中，第二、第三类构成了屈原作品的基本风格。

　　《楚辞》在诗坛开创了一种文学传统，它打破了自《诗经》以后两三个世纪的沉寂而在诗坛大放异彩，在我国诗歌史上占有十分重要的地位。与《诗经》相比，《楚辞》的句式更为活泼，节奏和韵律更具特色，更适合表现丰富复杂的思想感情。

目录

CONTENTS

离　骚

名师导读

　　《离骚》一共三百七十三句，二千四百七十七字，是屈原作品中篇幅最长的一首自叙性抒情诗，也是我国古代诗歌史上伟大的诗篇之一。《离骚》在楚辞作品中最具代表性、思想性和艺术性。全篇可分十二部分，依次自述家世、姓名的由来，历数上古圣王、尧、舜、桀、纣等人的为政得失，集中概述了屈原进步的政治观点和社会理想。

　　《离骚》是屈原讽谏君王的作品。史记谓屈原"正道直行，竭忠尽智，以事其君。谗人间之，可谓穷矣。信而见疑，忠而被谤，能无怨乎？屈平之作《离骚》，盖自怨生矣"。此怨乃无可奈何之幽怨，无奈楚怀王不任贤，感伤而能含蓄深婉。可以遥想屈原于泽畔行吟，心绪芜乱，触景生情，发而为辞，文义或者曲折繁复，或者层次纷然，但伤事感物，哀怨之情却一以贯之。我们读《离骚》，要尽可能从这幽忧愤悱的情感节奏出发，感诗人当时所能感，得其情后方可追究文中大量出现的生僻字词，否则容易错失一部伟大作品。

【原文】

　　帝高阳①之苗裔兮，朕②皇③考④曰伯庸⑤。
　　摄提⑥贞⑦于孟陬⑧兮，惟庚寅⑨吾以降⑩。
　　皇⑪览⑫揆⑬余初度⑭兮，肇⑮锡⑯余以嘉名。
　　名余曰正则兮，字余曰灵均。

扫码看视频

【注释】

①帝高阳：帝王颛（zhuān）项（xū），号高阳氏。

②朕（zhèn）：我。上古时代的第一人称代词，秦始皇二十六年（公元前221年），诏定为封建帝王自称。这里是屈原自称。

③皇：大。

④考：对亡父的尊称。

⑤伯庸：屈原父亲的名或字。

⑥摄提：这里是"摄提格"的简称。岁星名。战国时代根据岁星（木星）在天空运转所指方位来纪年，相当于干支纪年法中的寅年。

⑦贞：通"正"，正当。

⑧孟陬（zōu）：孟春正月。孟，开始，开端。陬，陬月，古代十二个月都有不同叫法，正月也称陬月。

⑨庚寅：古代以干支纪日，指庚寅这一天。这里指屈原出生的日子。

⑩降：降生。屈原生在寅年寅月寅日。这里是屈原自言出生。

⑪皇：同上文"皇考"，指亡父。

⑫览：观察。

⑬揆（kuí）：度量、揣度。

⑭初度：初降生时的气度。

⑮肇（zhào）：开始。一说认为"肇"通"兆"，卦兆、占卜的意思。

⑯锡：通"赐"，赐给。

【译文】

我是上古帝王颛项的后裔，我去世的父亲名字叫伯庸。

岁星运转到寅年正月，庚寅那一天我降生了。

父亲仔细观察我初生时的气度，通过卦兆赐给我相应的美名。

他给我起的名叫正则，给我起的字叫灵均。

【原文】

纷吾既有此内美①兮，又重之以修能②。

扈江离③与辟芷（zhǐ）兮，纫④秋兰以为佩。

汨⑤余若将不及兮，恐年岁之不吾与⑥。

朝搴⑦阰⑧之木兰⑨兮，夕揽洲之宿莽⑩。

日月忽其不淹兮，春与秋其代序。

惟草木之零落兮，恐美人⑪之迟暮⑫。

不抚⑬壮而弃秽（huì）兮，何不改此度⑭？

乘骐骥⑮以驰骋兮，来吾道夫先路⑯！

扫码看视频

【注释】

①内美：先天具有的内在的美好品质。

②修能：同"修态"，美好的外表仪形。能，通"态"。一说"修能"指优秀的才能。

③江离：香草，又名蘼（mí）芜，因生于江中而得名。

④纫（rèn）：连结，连缀。

⑤汨（yù）：水流迅疾的样子，这里喻指时光如水般流逝。

⑥不吾与："不与吾"的倒装，即不等待我。与，等待。

⑦搴（qiān）：拔取。

⑧阰（pí）：楚地方言，山坡。

⑨木兰：香木，又名辛夷，现代通称紫玉兰，一种落叶乔木，开花像莲。这里指木兰花。

⑩宿莽：香草，经冬不死。

⑪美人：屈原作品中常见的一个词语，或比喻国君，或比喻美好的人，或自比。这里指楚怀王。

⑫迟暮：晚年。

⑬抚：趁机。

⑭此度：这种态度，指"不抚壮而弃秽"的态度。一本有"也"字。

⑮骐（qí）骥（jì）：骏马，这里比喻贤臣。

⑯先路：充当帝王的前驱。

【译文】

我生来就有众多内在的美好品质，又具有出众的才能。

我身披着幽香的江离和白芷，把秋兰连缀成配饰挂在腰间。

光阴似箭我似乎追寻不上，担心岁月不等人。

早上采撷（xié）山坡上的木兰，傍晚采摘水中小洲上的宿莽。

日月飞速从不停下脚步，春天与秋天季节更替，井然有序。

想到草木即将凋零，害怕楚怀王步入衰残的晚年。

何不趁着壮年抛弃污秽，何不改变这些不当的法度？

骑上骏马向前奔驰吧！来让我为你引领前行的道路。

【原文】

昔三后①之纯粹②兮，固众芳③之所在④。

杂申椒⑤与菌桂兮，岂维纫夫蕙（huì）茝（chǎi）？

彼尧舜之耿介⑥兮，既遵道⑦而得路⑧。

何桀纣⑨之猖⑩披⑪兮，夫唯捷径⑫以窘步⑬。

惟夫党人之偷乐⑭兮，路⑮幽昧⑯以险隘（ài）。

岂余身之惮殃兮，恐皇舆⑰之败绩。

忽奔走以先后⑱兮，及前王之踵武⑲。

荃⑳不察余之中情兮，反信谗而齌怒㉑。

扫码看视频

余固知謇謇^㉒之为患兮，忍而不能舍也。

指九天以为正兮，夫唯灵修之故也。

曰黄昏以为期兮，羌中道而改路。

初既与余成言兮，后悔遁而有他。

余既不难夫离别兮，伤灵修之数化。

【注释】

①三后：指上古帝王黄帝、颛顼和帝喾（kù）。

②纯粹：纯正不杂，这里引申为德行完美无缺。

③众芳：比喻贤臣众多。

④在：聚集。

⑤申椒（jiāo）：一种香料。申椒与后文的菌桂、蕙、茝，都比喻有才能的人，即上文的"众芳"。

⑥耿介：光明正大。

⑦遵道：遵循正道。

⑧路：大道，比喻治理国家的正确方针。

⑨桀（jié）纣：夏桀和商纣的并称。桀是夏朝末代君主，纣是商朝末代君主，两人都是暴君。

⑩猖：狂妄。

⑪披："邊"的假借字，偏邪的意思。

⑫捷径：近便的小路，这里比喻不循正途。

⑬窘（jiǒng）步：困窘失足。窘，困窘、窘迫。

⑭偷乐：贪图享乐。

⑮路：代指国家的前途。

⑯幽昧（mèi）：昏暗不明。

⑰皇舆（yú）：古代君王乘坐的车子，用来指代国家。

⑱奔走以先后：指为楚怀王效力。

⑲踵（zhǒng）武：足迹。踵，脚后跟。

⑳荃（quán）：香草，多喻指君王。

㉑齌（jì）怒：暴怒。

㉒謇（jiǎn）謇：直言的样子。

【译文】

古时的三位先王德行完美无缺，自然吸引群英聚集在身边。
聚合如同申椒、菌桂般的优秀人物，缀结的何止是优秀的蕙和茝？
唐尧、虞舜是多么正大光明啊，遵循正道使国家走上正途。
但夏桀、殷纣是多么狂妄偏邪啊，贪图捷径以致走投无路。
结党营私的人贪图享乐，国家的前途昏暗不明而危险重重。
难道我是害怕给自身招灾惹祸吗？我是害怕国家因此而覆灭。
我四处奔走，为君王鞍前马后，就是希望他能追随先王的足迹。
君王却不明察我内心的真情，反而听信谗言对我勃然大怒。
我很清楚直言进谏会引起祸患，宁可忍受痛苦也不能不进谏。
手指苍天请它为我作证，这全是为君王您的缘故。
当初约定好在黄昏时分会面，为何走到半路又改变心思。
当初您跟我订下誓约啊，为何又反悔另有他求。
我已不再为君臣相互分离而难过，只是悲伤于您的朝令夕改。

【原文】

余既滋①兰之九畹②兮，又树③蕙之百亩。
畦④留夷⑤与揭车⑥兮，杂杜衡⑦与芳芷⑧。

冀⑨枝叶之峻⑩茂兮，愿竢⑪时乎吾将刈⑫。
虽萎绝⑬其亦何伤兮，哀众芳之芜秽⑭。

扫码看视频

【注释】

①滋：栽种。

②畹（wǎn）：古代面积单位，田三十亩为一畹，也有说十二亩为一畹。

③树：种。

④畦（qí）：指一垄一垄地种植。

⑤留夷：香草。一说是芍药。

⑥揭车：香草。

⑦杜衡：香草，俗称马蹄香。

⑧芳芷：香草，指白芷。文中所说的兰、蕙、留夷、揭车、杜衡、芳芷，均比喻所培育的才俊之士。

⑨冀：希望。

⑩峻：高大。

⑪竢（sì）：通"俟"，等待。

⑫刈（yì）：收获。培养才俊之士以治理国家。

⑬萎绝：枯死。比喻所培养的才俊之士不能为国家效力，却与敌国同流合污。

⑭芜秽：荒芜。这里指培育的才俊之士变质了。

【译文】

我已经培植了很多春兰，又栽种了百亩蕙草。
分垄培植了留夷和揭车，将杜衡和芳芷套种其间。
我希望它们都能枝叶茂盛，等到收获的那一天。

即便枯萎凋谢了也不要紧，可让我悲痛的是它们的本质变坏了。

【原文】

众^①皆竞进^②以贪婪兮，凭^③不厌^④乎求索^⑤。

羌内恕^⑥己以量^⑦人兮，各兴心而嫉妒。

忽驰骛^⑧以追逐兮，非余心之所急。

老冉冉其将至兮，恐修名^⑨之不立^⑩。

朝饮木兰之坠露兮，夕餐秋菊之落英^⑪。

苟^⑫余情^⑬其信姱^⑭以练要^⑮兮，长顑颔^⑯亦何伤？

揽^⑰木根^⑱以结^⑲茝^⑳兮，贯^㉑薜荔^㉒之落蕊。

矫^㉓菌桂以纫蕙兮，索^㉔胡绳^㉕之纚纚^㉖。

謇^㉗吾法^㉘夫前修^㉙兮，非世俗之所服。

虽不周于今之人兮，愿依彭咸^㉚之遗则！

【注释】

①众：指楚怀王的臣子们。

②竞进：争先恐后地往前跑。

③凭：通"平"，意为盛、满。

④厌：满足。

⑤索：求。

⑥恕：揣测。

⑦量：衡量。

⑧驰骛（wù）：奔走。

⑨修名：美名。

⑩立：成。

⑪落英：散落的花。

⑫苟：如同。

⑬情：指德行。

⑭信姱（kuā）：真正的美好。

⑮练要：精粹。

⑯颀（kǎn）颔（hàn）：黄瘦憔悴的模样。

⑰揽：持。

⑱木根：木兰的根。

⑲结：系。

⑳茝：香草，通"芷"。

㉑贯：穿。

㉒薜（bì）荔（lì）：香草。

㉓矫：拿起。

㉔索：搓绳子。

㉕胡绳：香草，其茎叶可做绳索。

㉖缅（xǐ）缅：连接整齐的样子。

㉗謇：此处为发语词，楚地的方言，同上文"余固知謇謇之为患兮"中"謇"的意义不一样。一释为难。

㉘法：效法。

㉙前修：前代的圣贤。

㉚彭咸：殷朝之士，不得志，投江而死。

【译文】

人人都在追逐名利，利欲熏心永不满足。

他们猜疑别人宽恕自己，彼此斗着心机互相妒忌。

急于奔走钻营争权夺利，这些都不是我的追求。

人生暮景在慢慢来临，我担心美好的声名不能够确立。

早上我饮用木兰花上的露水，晚上我用菊花的残瓣填饱肚子。

只要我情志美好、坚贞不移，形销骨立又算得了什么？

我用木兰的细根来把芷草编结，又把薜荔花串连在一起。

我以菌桂的枝条连结蕙草，用胡绳搓的细绳长且牢。

我要效仿前代圣贤的装束，不是世俗人所能做到的。

虽然我不能和当世的人志同道合，但我愿效仿殷代的彭咸。

【原文】

长太息以掩涕兮，哀民生之多艰。

余虽好修姱以鞿羁①兮，謇朝谇②而夕替③。

既替余以蕙纕④兮，又申⑤之以揽茝。

亦余心之所善⑥兮，虽九⑦死其犹未悔。

怨灵修之浩荡⑧兮，终不察夫民心。

众女⑨嫉余之蛾眉⑩兮，谣诼⑪谓余以善淫。

固⑫时俗之工巧⑬兮，偭⑭规矩⑮而改错⑯。

背绳墨⑰以追⑱曲⑲兮，竞周容⑳以为度㉑。

忳㉒郁邑㉓余侘傺㉔兮，吾独穷困㉕乎此时也。

宁溘死㉖以流亡兮，余不忍为此态㉗也。

鸷鸟㉘之不群兮，自前世而固然。

何方㉙圜㉚之能周兮，夫孰异道而相安？

屈心而抑志兮，忍尤而攘（rǎng）诟（gòu）。

伏清白以死直兮，固前圣之所厚。

【注释】

①靰（jī）羁（jī）：马的络头，引申为受牵连。作者以马自喻，说自己因国君疏远而受到牵连。

②谇（suì）：谏诤（zhèng）。

③替：除去。这句说早上进谏，晚上就被撤职。

④蕙纕（xiāng）：配饰，用蕙草编缀成的带子。

⑤申：加上。

⑥善：崇尚。

⑦九：指很多。

⑧荡：水流很大的样子。这里比喻楚怀王的自大妄为。

⑨众女：指楚怀王身边的一些贵族宠臣。

⑩蛾眉：指女子美丽的容貌，这里喻美好的品质。

⑪诼（zhuó）：毁谤。

⑫固：本来。

⑬工巧：取巧。

⑭偭（miǎn）：通"免"，违背。

⑮规矩：法度。

⑯改错：改变措施。

⑰绳墨：木工用来定直线的工具，引申为判断是非的准则。

⑱追：通"随"。

⑲曲：指贵族的宠臣违背正理所做的邪行。

⑳周容：苟合。

㉑度：法则。

㉒忳（tún）：烦恼的样子。

㉓郁邑（yì）：忧愁。

㉔侘（chà）傺（chì）：失意。

㉕穷困：陷入窘迫。

㉖溘（kè）死：突然死去。溘，突然。

㉗此态：苟合之态。

㉘鸷（zhì）鸟：鹰、鹗等猛禽。

㉙方：指方的榫（sǔn）头。

㉚圜（yuán）：圆的孔。

【译文】

我掩面拭泪长叹不息，为人生的艰辛而悲伤。

虽然我爱好修洁严于律己却受到牵连，早上向君主进谏，晚上就丢了官职。

他们指责我佩带蕙草，又毁谤我爱采集茝兰。

这些是我心中喜爱的东西，为此死再多次我也不后悔。

只是怨楚怀王的昏庸，终究不能了解我的忠心。

那帮庸人都嫉妒我的英姿，造谣诬陷说我妖艳而淫荡。

庸人们本就善于投机，不守规矩还要改变政策。

违反标准并无原则啊，争相把苟合取悦来当作常理。

我感到忧郁烦闷，失意而不安，现在遭受着孤独和穷困的磨难。

宁可马上死去魂离魄散，也绝不媚俗取巧。

雄鹰与燕雀不能够同群，自古以来就是这样。

方和圆怎能配合在一起，志不同又怎能彼此相安？

宁愿抑制自己的情感，把所有的谴责都承担下来。

保持清白的节操死在正义上，这是古代的圣人所称许的。

【原文】

悔相①道之不察兮，延伫②乎吾将反③。

回朕车以复路④兮，及⑤行迷之未远。

步余马于兰皋⑥兮，驰椒丘⑦且焉⑧止息。

进⑨不入⑩以离尤⑪兮，退⑫将复修吾初服⑬。

制芰⑭荷以为衣兮，集芙蓉以为裳⑮。

不吾知其亦已兮，苟余情其信芳。

高余冠之岌⑯岌兮，长余佩⑰之陆离⑱。

芳⑲与泽⑳其杂糅㉑兮，唯昭质㉒其犹未亏。

忽反顾以游目㉓兮，将往观乎四荒。

佩缤纷其繁饰兮，芳菲菲㉔其弥章㉕。

民生各有所乐兮，余独好修以为常。

虽体解㉖吾犹未变兮，岂余心之可惩㉗？

【注释】

①相：看。

②延伫：长久站立。

③反：通"返"，返还。

④复路：往回赶路。

⑤及：趁着。

⑥皋（gāo）：河岸。

⑦椒丘：生长椒木的小山。

⑧焉：在那里。

⑨进：指进谏。

⑩不入：不被国君所用。

⑪离尤：获罪。

⑫退：退出。

⑬修吾初服：修身洁行。

⑭芰（jì）：指菱叶。

⑮裳：古时上身穿的叫衣，下身穿的叫裳。

⑯岌（jí）：高挑的样子。

⑰佩：佩剑。

⑱陆离：长的样子。

⑲芳：芳香。

⑳泽：一释为"玉之润"，另一释为"污垢"。此处取后者。

㉑杂糅（róu）：掺和。

㉒昭质：纯洁的品质。

㉓游目：纵目远望。

㉔菲菲：勃勃，指香气很盛。

㉕弥章：非常清晰。

㉖体解：肢解，古代的一种酷刑。

㉗惩：戒惧。

【译文】

悔恨当初未能看清前路，长久站立后又要返回。

掉转车马走向原来的路，趁着迷途不远赶快返回。

走马在兰草岸边，在椒丘上暂作休息。

既然进谏失败而获了罪名，那就回故乡重新穿回我的旧衣。

我把碧绿的荷叶裁成上衣，把洁白的荷花织成下裳。

没人懂我也就罢了，只要我的内心是馥郁芳香的。

我把头上的冠戴加高，把我的佩带增得长长的。

芳香即使和污垢混在一块，纯洁的品质也不会腐朽。

忽然我回头纵目远望，打算到四方观光游览。

佩着五彩斑斓华丽的装饰，散发出浓浓的芳香使它们更耀眼。

人们各自有所喜好，而我独爱修饰已成习惯。

就算肢解我也不会改变，难道我还会因受警戒而感到彷徨？

【原文】

女嬃①之婵媛②兮，申申③其詈④予。

曰鲧⑤婞⑥直以亡身⑦兮，终然夭⑧乎羽⑨之野。

汝何博謇⑩而好修兮，纷独有此姱节⑪？

薋⑫菉⑬葹⑭以盈室兮，判⑮独离而不服⑯。

众不可户说⑰兮，孰云察余⑱之中情？

世并举⑲而好朋⑳兮，夫何茕㉑独而不予听㉒。

【注释】

①女嬃（xū）：一说是女性名，另一说是侍妾，都不确切。

②婵媛：牵引，情思牵萦。

③申申：反复。

④詈（lì）：责怪。

⑤鲧（gǔn）：夏禹的父亲。

⑥婞（xìng）：坚强易怒。

⑦直以亡身：刚直而不顾性命。

⑧夭（yāo）：死。

⑨羽：羽山，神话中的地方。

⑩博謇：博，博闻。謇，说忠直的话。

⑪节：节度。

⑫赍（cí）：草木茂盛的样子。

⑬菉（lù）：恶草。

⑭葹（shī）：枲（xǐ）耳，又称恶草。喻指奸佞满朝。

⑮判：区分。

⑯服：佩带。

⑰户说：挨家挨户通知。

⑱余：我们。

⑲并举：相互奉承。

⑳好朋：结党成群。

㉑茕（qióng）：孤寂。

㉒不予听："不听予"的倒装，不听我的劝告。予，女媭自指。

【译文】

女媭对在我身上所发生的事很关心，她曾经一再地告诫我。

她说鲧因为太刚直而被流放，最终惨死在羽山。

你为什么总是要一意孤行而爱好美洁，独有很多美好的节操？

屋里堆满了这样的花草，你却非要与别人不同不愿佩戴恶草。

不能挨家挨户地去向每个人讲明心意，有谁会去真正理解我们的内心？

世上的人都喜欢结党成群，你为什么茕茕孑立总不听我的劝告呢？

【原文】

依①前圣以节中②兮，喟③凭心④而历兹⑤。

济⑥沅湘⑦以南征兮，就重华而陈词。

启⑧《九辩》与《九歌》⑨兮，夏康⑩娱以自纵⑪。

不顾难⑫以图后⑬兮，五子⑭用失乎家巷。

羿淫游以佚⑮畋⑯兮，又好射夫封狐⑰。

固乱流⑱其鲜终⑲兮，浞⑳又贪夫厥家。

浇㉑身被服㉒强圉㉓兮，纵欲而不忍㉔。

日康娱而自忘㉕兮，厥首用夫颠陨㉖。

夏桀之常违㉗兮，乃遂㉘焉而逢殃㉙。

后辛㉚之菹醢㉛兮，殷宗㉜用而不长。

汤禹俨㉝而祗敬㉞兮，周论道而莫差。

举贤而授能兮，循绳墨而不颇。

皇天无私阿兮，览民德焉错辅。

夫维圣哲以茂行㉟兮，苟得用此下土。

瞻前而顾后兮，相观民之计极。

夫孰非义而可用兮，孰非善而可服。

阽余身而危死兮，览余初其犹未悔。

不量凿而正枘兮，固前修㊱以菹醢。

曾歔欷㊲余郁邑兮，哀朕时之不当。

揽茹蕙以掩涕兮，沾余襟之浪浪。

【注释】

①依：遵循。

②节中：节操。

③喟（kuì）：叹息声。

④凭心：抒发内心的愤懑。

⑤历兹：遭受这样的打击。

⑥济：渡过。

⑦沅（yuǎn）湘：水名，沅江和汀江。要向重华陈辞，就必定要渡沅、湘二水向南进发。

⑧启：夏启，禹的儿子，在禹崩后即帝位。

⑨《九辩》与《九歌》：在神话传说中是天帝的乐曲，被启带到了人间。

⑩夏康：太康，是启的儿子。

⑪纵：放纵。太康到洛南狩猎纵乐，百日不归，放纵自己。

⑫不顾难：不考虑危难。

⑬图后：为以后做打算。

⑭五子：指太康的五个兄弟。太康在外佚游无度，被有穷国国君后羿夺了王位。不但太康他不能回到京城，丢掉了自己的国家，他的五个兄弟为此也逃出了京城。

⑮佚（yì）：放荡。

⑯畋（tián）：通"田"，打猎。

⑰封狐：指大狐狸。

⑱乱流：淫乱之徒。

⑲鲜（xiǎn）终：不会有好的结果。

⑳浞（zhuó）：寒浞，曾任后羿的相国，后篡位为夏朝君王。

㉑浇（ào）：寒浞的儿子。

㉒被（pī）服：穿戴、装饰。

㉓强圉（yǔ）：健壮有力。

㉔不忍：不愿自制。

㉕自忘：忘乎所以。

㉖颠陨：掉下来了。相传寒浞强占了后羿的妻子，生了个儿子叫浇。

浇健壮有力，杀害夏后相，终日淫乐无度，后来又为相的儿子少康所杀。

㉗常违：违背常理。

㉘遂：终究。

㉙逢殃：遭殃，终究遭到祸患。《史记·夏本纪》记载，夏桀被汤流放于南巢（今安徽省巢湖市附近）。

㉚后辛：殷纣王，名辛，又称帝辛，商朝末代国君。

㉛菹（zū）醢（hǎi）：把人剁成肉酱。据《史记·殷本纪》记载，纣王杀比干、醢梅伯，暴虐无度，最终导致国家灭亡。

㉜殷宗：殷人的宗祀。指殷朝。

㉝俨：恭敬庄重。

㉞祗（zhī）敬：恭敬。

㉟茂行：德行充盛。

㊱前修：古代的贤人。

㊲歔（xū）欷（xī）：悲泣、抽噎。

【译文】

遵循着先圣的遗训来修身厉行，现实的遭遇使我悲愤满腔。

我沿着湘江逆流而上，要向大舜去陈说我的内心。

夏启从上天偷回《九辩》和《九歌》，夏太康狩猎纵乐。

因为不居安思危预防后患，他的五个兄弟失去了家园。

后羿也爱好畋猎，溺于游乐，一味沉迷于射杀那些猛兽和珍禽。

本来淫乱之辈就很少有善终的，他的相国寒浞杀了他，又强占了他的妻子。

寒浞之子浇依仗自己健壮的体格，放纵情欲而不肯控制自己的兽性。

他终日寻欢作乐得意忘形，最终丢掉了自己的脑袋。

夏桀经常违背正道，终于落得个亡国丧身。

殷纣把自己的忠良剁成肉酱，他的王位因此不能长久！

成汤和大禹都严明而又谨慎，周文王和周武王都任法而讲求仁政。

他们都凭德才选用贤臣，遵守绳墨而不差毫分。

皇天啊！光明正大不存偏私偏爱，看见有德的人就设法让他成为辅弼之臣。

只有那德行高尚的圣人贤哲，方才让他享有天子这一尊称。

回顾历史而又观省将来，再仔细考察天下的民情。

不曾有过不义的人可以重用，不曾有过不善的事可以推行。

即使死神已经向我步步逼近，回想起初衷我也毫无悔恨。

怎能将方榫塞进圆孔啊，古代的贤者正因此而碎骨粉身。

我泣不成声啊满心悲伤，哀叹自己是这样生不逢时。

拔一把柔软的蕙草揩拭眼泪，眼泪涟涟沾湿了我的衣襟。

【原文】

跪敷衽①以陈辞兮，耿吾既得此中正②。

驷③玉虬④以桀（chéng）鹥⑤兮，溘⑥埃⑦风余上征⑧。

朝发轫⑨于苍梧⑩兮，夕余至乎县圃⑪。

欲少留此灵琐⑫兮，日忽忽其将暮。

吾令羲和⑬弭节⑭兮，望崦嵫⑮而勿迫⑯。

路曼曼⑰其修远兮，吾将上下而求索。

饮余马于咸池⑱兮，总⑲余辔（pèi）乎扶桑⑳。

折若木㉑以拂日兮，聊㉒逍遥以相羊㉓。

前望舒㉔使先驱兮，后飞廉㉕使奔属。

鸾皇㉖为余先戒兮，雷师㉗告余以未具㉘。

吾令凤鸟飞腾兮，继之以日夜。

飘风㉙屯㉚其相离兮，帅云霓而来御。

纷总总其离合兮，斑陆离其上下。

吾令帝阍㉛开关兮，倚阊阖㉜而望予。

时暧（ài）暧其将罢兮，结幽兰而延伫。

世溷浊㉝而不分兮，好蔽美而嫉妒。

【注释】

①敷衽（rèn）：拽平衣服的前襟。

②中正：品行正直而不偏邪。

③驷（sì）：本意是驾车的四匹马，在这用作动词，即驾御。

④玉虬（qiú）：白色没有角的龙。

⑤鹥（yì）：凤凰的别名。

⑥溘：掩盖。

⑦埃：尘土。

⑧上征：上天。

⑨发轫（rèn）：把轫木去掉，表示车要动身了。轫，用来刹住车轮、阻止其转动的轮前横木。

⑩苍梧：一说九疑，在今湖南省永州市宁远县东南。

⑪县圃：神话中神仙的住处，在昆仑山顶。

⑫灵琐：神灵所住地方的门。琐，门窗上所印的连环形花纹，此处代指门。

⑬羲和：神话中的太阳神。

⑭弭（mǐ）节：弭，不动。节，马鞭。

⑮崦（yān）嵫（zī）：神话中的日落之山。

⑯迫：近。

⑰曼曼：通"漫漫"，形容路途遥远的样子。

⑱咸池：神话中的地名，是太阳洗澡的地方。

⑲总：系。

⑳扶桑：神话中东荒的大树，太阳从扶桑树上升起。

㉑若木：神话中的树名，太阳中途休息的地方。

㉒聊：暂缓。

㉓相羊：徘徊。

㉔望舒：神话中的月神。

㉕飞廉：纣王之将，善奔跑。

㉖鸾（luán）皇：亦作"鸾凰"。鸾与凰，皆瑞鸟之名，常用来比喻贤士、淑女。

㉗雷师：神话中的雷神。

㉘未具：没准备齐全。

㉙飘风：旋风。

㉚屯：聚，旋风将尘土卷成圆柱形状。

㉛帝阍（hūn）：天帝的看门人。阍，看门人。

㉜阊（chāng）阖（hé）：神话中的天门。

㉝溷（hùn）浊：混乱、污浊。溷，通"混"。

【译文】

我跪在铺开的衣襟上倾诉衷肠，中正之道在我心中闪亮。

凤凰为车，白龙为马，御着那飘忽的长风我飞向天空。

清晨，我从那南方的苍梧之野启程，傍晚，我在昆仑山顶的县圃落脚。

我本想在神门前停留片刻，无奈太阳下沉，暮色苍茫。

我叫羲和按节徐行，不要急急地驰向日落的崦嵫山。

前面的路程遥远而又漫长，我要上天下地到处去寻觅心中的太阳。

我让龙马在咸池痛饮琼浆，我把马缰拴在东方扶桑树上。

折几枝若木去拂拭太阳，我暂且在这里休息徜徉。

我派月神在前面充当向导，让飞廉在后面紧紧跟上。

鸾鸟与凤凰在前面为我警戒开道，雷神却说还没有安排妥当。

我命令凤鸟展翅飞翔啊，夜以继日地向九天翱翔。

旋风骤聚欲使队伍离散，率领着云霓向我迎上。

云霓越聚越多忽离忽合啊，五光十色上下左右飘浮荡漾。

我让守天门的卫士替我把门打开，可他却倚着天门对我视而不见。

日色渐暗时间也已很晚了，我编结着幽兰长久地伫立。

时世污浊善恶不分，爱嫉妒别人抹杀人的长处。

【原文】

朝吾将济于白水①兮，登阆风②而绁（xiè）马。

忽反顾③以流涕兮，哀高丘④之无女⑤。

溘吾游此春宫⑥兮，折琼枝⑦以继佩。

及荣华⑧之未落兮，相下女⑨之可诒⑩。

吾令丰隆⑪乘云兮，求宓妃⑫之所在。

解佩纕以结言兮，吾令蹇修⑬以为理⑭。

纷总总其离合兮，忽纬䌰⑮其难迁⑯。

夕归次⑰于穷石⑱兮，朝濯（zhuó）发乎洧盘⑲。

保⑳厥美以骄傲兮，日康娱以淫游。

虽信美而无礼兮，来㉑违弃㉒而改求。

览相观于四极兮，周流乎天余乃下。

望瑶台^㉓之偃蹇兮，见有娀^㉔之佚女^㉕。

吾令鸩^㉖为媒兮，鸩告余以不好。

雄鸠^㉗之鸣逝^㉘兮，余犹恶其佻巧^㉙。

心犹豫而狐疑兮，欲自适^㉚而不可。

凤皇既受诒^㉛兮，恐高辛^㉜之先我。

欲远集而无所止兮，聊浮游以逍遥。

及少康^㉝之未家兮，留有虞之二姚^㉞。

理弱而媒拙兮，恐导言之不固。

世溷浊而嫉贤兮，好蔽美而称恶。

闺中既以邃（suì）远兮，哲王又不寤^㉟。

怀朕情而不发兮，余焉能忍与此终古。

【注释】

① 白水：神话中的水名，起源于昆仑山。

② 阆（làng）风：山名，神话中神仙居住的地方。

③ 顾：回头看。

④ 高丘：阆风。

⑤ 女：这里指神女。

⑥ 春宫：神话中青帝所住的宫殿。

⑦ 琼枝：玉树枝。

⑧ 荣华：花名的通称。荣，草本植物所开的花。华，木本植物所开的花。

⑨ 下女：指宓（fú）妃诸人，对高丘而言处于下位。

⑩ 诒（yí）：赠予。

⑪ 丰隆：雷神。

⑫ 宓妃：据说是伏羲的女儿，淹死在洛水后，被称为洛水之神。

⑬蹇（jiǎn）修：伏羲的臣子。

⑭理：媒人。

⑮纬缅（huà）：违拗（ào）。

⑯难迁：难以改变。

⑰次：住宿。

⑱穷石：山名，相传是后羿所住的地方。

⑲洧（wěi）盘：神话中的水名，起源于崦嵫山。

⑳保：恃。

㉑来：乃。

㉒违弃：遗弃。

㉓瑶台：美玉砌的台。

㉔有娀（sōng）：传说中的古国。

㉕佚女：美女。古时传说有娀氏女简狄，住在瑶台上，后来被许给了帝喾，生下契。契就是商朝的祖先。

㉖鸩（zhèn）：鸟的名字，羽有毒。此处比喻奸险的人。

㉗鸠（jiū）：同山鹊，喜欢叫。此处比喻花言巧语的人。

㉘鸣逝：且飞且鸣。

㉙佻（tiāo）巧：轻佻巧诈。

㉚适：来。

㉛诒：通"贻"，指聘礼。

㉜高辛：帝喾最初受封于辛，后即帝位，号高辛氏。

㉝少康：夏代中兴之主，帝相之子。

㉞二姚：有虞国君的两个女儿。

㉟寤（wù）：醒悟。

【译文】

等到天亮后我将要渡过白水河，登上阆风山把马儿系着驻足。

忽然回过头眺望泪水就忍不住流下来，可怜高丘上竟然没有美人。

我迅速地来到春宫的门口，折了琼枝作为佩饰。

趁琼枝的花朵还未凋落，我寻找能够接受馈赠的美人。

我让雷神把马车驾套上，我要去寻找宓妃所住的地方。

把身上佩戴的香囊解下来订下誓约，我让蹇修前去做媒。

云霓纷纷簇集即离即合，善变乖戾难以迁就。

晚上她回到穷石过夜，清早她在洧盘把头发濯洗干净。

她自恃有点姿色就狂妄自大，每天放荡无束地寻欢。

虽然她是美人但礼节全无，算了吧，蹇修，我另外再去找寻吧。

我在天上察看了四面八方，周游后我又回到人间。

我望着远方华丽巍峨的玉台啊，看到有娀氏的美人居住在台上。

我请鸩鸟给我说媒，鸩鸟却告诉我有娀氏的美人的不好的地方。

有只雄鸠鸣叫着要前去提亲，我又嫌他诡诈轻巧。

我犹豫不决而充满猜疑，考虑自己去又不妥。

凤凰已去送彩礼给她，我又担心高辛赶在我前面去提亲。

想去远方又没有落脚点，我只能四处流浪逍遥。

趁少康还没有结婚，有虞氏的两个女儿还是待嫁。

提亲的媒人不大会说话，担心无法传达心曲以致说合成功的可能性太小。

人间世道混浊嫉妒贤能，总是隐善扬恶没有天理。

宫室如此的深远，贤明的君王又不肯醒悟。

满腔的衷肠找不到可以诉说的人，我怎么能够一直忍耐下去过此一生。

【原文】

索①藑茅②以③筳④篿（zhuān）⑤兮，命灵⑥氛为余占之。

曰两美其必合⑦兮，孰信修⑧而慕⑨之？

思九州之博大兮，岂唯是⑩其有女？

曰勉远逝而无狐疑兮，孰求美而释⑪女⑫？

何所独无芳草兮，尔何怀乎故宇⑬？

世幽昧⑭以眩曜⑮兮，孰云察余之善恶。

民好恶其不同兮，惟此党人其独异⑯。

户服艾以盈要兮⑰，谓幽兰其不可佩。

览察草木其犹未得兮，岂珵⑱美之能当？

苏⑲粪壤以充帏⑳兮，谓申椒其不芳。

【注释】

① 索：拿。

② 薆（qióng）茅：通灵草。

③ 以：通"与"意。

④ 筳（tíng）：通"亭"，木棍。一说为竹片。

⑤ 篿：古代占卜方式的一种。

⑥ 灵：原意是神，在这指巫。因巫能降神，所以楚人称巫为灵。

⑦ 两美其必合：双方都美好就能配合。借此比喻良臣遇到明君。

⑧ 信修：真正美好。

⑨ 慕：爱慕。

⑩ 是：指楚国。

⑪ 释：放掉。

⑫ 女：汝，指屈原。

⑬ 故宇：原来的地方，指屈原的故乡。

⑭ 幽昧：没有光线。

⑮眩（xuàn）曜（yào）：迷乱的样子。

⑯独异：和别人不同。

⑰户服艾以盈要兮：每个人都佩带了满腰的艾蒿。户，每家每户。艾，一种灸用药草。要，古"腰"字。

⑱珵（chéng）：美玉。

⑲苏：拿。

⑳帏（wéi）：带在身上的香囊。

【译文】

我找来了灵草和一些细竹片，请女巫灵氛来给我占卜。

她告诉我两个美好的事物一定会结合，谁不对真正美好的人产生爱慕？

想到天下的广大辽阔，难不成只有楚国才有美女？

劝你不要迟疑地远走吧，凡是追求美好的人又有谁会放弃你呢？

世间什么地方没有芳草，你为什么非要思恋故乡呢？

黑暗的世道让人的眼光迷乱，谁又能知道我们的底细。

人们的好恶尺度本就不一样，这些小人就更加怪异出众了。

每个人都在腰间挂满艾草，偏说幽兰是不能佩戴使用的。

连草木的好坏都分辨不清楚，更别说正确评价玉器了！

用粪土来装满自己的香囊，却嫌申椒没有香味。

【原文】

欲从灵氛之吉占兮，心犹豫而狐疑。

巫咸①将夕降②兮，怀③椒糈④而要⑤之。

百神翳⑥其备降兮，九疑缤其并迎。

皇剡剡⁷其扬灵⁸兮，告余以吉故⁹。

曰勉升降以上下兮，求矩矱⑩之所同。

汤禹严⑪而求合⑫兮，挚⑬咎（gāo）繇（yáo）而能调⑭。

苟中情其好修兮，又何必用夫行媒。

说⑮操⑯筑⑰于傅岩⑱兮，武丁⑲用而不疑。

吕望⑳之鼓刀㉑兮，遭周文㉒而得举。

宁戚㉓之讴歌兮，齐桓㉔闻以该辅。

及年岁之未晏㉕兮，时亦犹其未央㉖。

恐鹈鴃㉗之先鸣兮，使夫百草为之不芳。

何琼佩之偃蹇兮，众薆然㉘而蔽之。

惟此党人之不谅兮，恐嫉妒而折之。

时缤纷其变易兮，又何可以淹留。

兰芷变而不芳兮，荃蕙化而为茅。

何昔日之芳草兮，今直为此萧艾㉙也。

岂其有他故兮，莫好修之害也。

余以兰为可恃兮，羌无实而容长。

委厥美以从俗兮，苟得列乎众芳。

椒专佞以慢慆㉚兮，樧㉛又欲充夫佩帏。

既干进而务入兮，又何芳之能祇。

固时俗之流从兮，又孰能无变化。

览椒兰其若兹兮，又况揭车与江离。

惟兹佩之可贵兮，委厥美而历兹。

芳菲菲而难亏兮，芬至今犹未沫㉜。

和调度以自娱兮，聊浮游而求女。

及余饰㉝之方壮兮，周流观乎上下。

【注释】

①巫咸：古时的神巫，名咸。古时候把巫看成能通神的人物，人对神的祈求，由巫来传递。

②降：指降神。

③怀：怀揣。

④糈（xǔ）：敬神用的精米。

⑤要：通"邀"，迎接。

⑥翳（yì）：遮蔽。

⑦剡（yǎn）剡：闪闪发光。

⑧扬灵：显灵。

⑨吉故：历史上的佳话、故事，即下文中汤、禹、挚与咎繇等人的事迹。

⑩矩矱（yuē）：在这里引申为法度。矩，量方形用的工具。矱，量长短用的工具。

⑪严：严谨。

⑫求合：寻访志同道合的人。

⑬挚：商汤的名相伊尹。

⑭调：和谐。

⑮说（yuè）：殷代贤人傅说。

⑯操：拿着。

⑰筑：打墙的木杵。

⑱傅岩：地名，在今山西省运城市平陆县附近。

⑲武丁：商朝国君。傅说作为奴仆在傅岩拿着木杵筑墙，后来被殷王武丁发现并得以重用。

⑳吕望：姜子牙。姓姜，名尚。因其先人封邑在吕，因此又以吕为氏。他是周朝的开国贤相。

㉑鼓刀：动刀。

㉒周文：周文王。

㉓宁戚：春秋时卫国的贤人。

㉔齐桓：齐桓公。相传宁戚原是小商人，曾住在齐都东门。齐桓公夜出，宁戚敲打牛角，唱了一曲怀才不遇的歌，齐桓公听到了，让他做了客卿。

㉕晏：晚。

㉖央：结束。

㉗鶗（tí）鴂（jué）：伯劳。

㉘菱（ài）然：遮蔽的样子。

㉙萧艾：贱草，这里指代谗佞小人。

㉚慢慆（tāo）：怠惰佚乐。

㉛樧（shā）：一种植物，形似茱萸而小，赤色。

㉜沬（mèi）：香气消散的意思。

㉝饰：佩饰、服饰，这里指年岁。

【译文】

我想听从灵氛的卦辞，可心里却犹豫而狐疑。

今晚巫咸将要从天上降临，我怀揣椒香精米去求他。

啊！天上诸神遮天蔽日齐降，九嶷山上的众神纷纷前来迎接。

灵光闪闪地显示着神异，他们告诉我灵氛吉卜的缘故。

他说你应该努力上下求索，按照原则去选择意气相投的人。

夏禹、商汤都严正地选拔贤才，皋陶和伊尹因此能成为他们的辅弼。

只要你真正爱好修洁，又何必到处去求人托媒。

傅说曾经在傅岩做过泥木工，武丁重用他而不生疑。

姜太公曾在朝歌操过屠刀，遇上周文王就大展才气。

宁戚放牛时引吭高歌，齐桓公听了以后把他看作国家的柱石。

趁你年华还未衰老，施展才华的时机还未完全失去。

当心那伯劳鸟叫得太早，使得百草从此失去了芳菲。

为什么我的玉佩如此美艳，人们却要故意将它的光辉遮掩。

这些小人真是不能信赖，担心他们会出于嫉妒而将玉佩折断。

时世纷乱变化无常啊，我怎能在这里久久流连。

兰与芷都消尽芬芳，荃与蕙都化为草蔓。

为什么过去那些香草，今日竟与萧、艾同处一地。

没有别的原因可找，只怪他们自己没有勤加修持。

我本以为兰可以依靠，谁知它也徒有芳颜。

抛弃了自己的美质而随俗浮沉，苟且地列入这众芳之班。

椒诌上傲下自有一套，茱萸也想钻进香囊里面。

它们既然只会拼命地钻营，又岂能奢望它们保持美质不变。

本来世态习俗都是随波逐流，又还有谁能够意志坚定？

见到椒与兰也变成了这般模样，揭车与江离怎么能不变心。

想到这佩饰如此可贵，它的美质竟遭人唾弃到如此境地。

花的芳香难以消逝，直到今天还在散发着香气。

我还保持着和谐的态度自我欢娱，姑且还在四处漂流寻找美女。

趁着年富力壮，我还是要上天入地四处去寻找。

【原文】

灵氛既告余以吉占兮，历^①吉日乎吾将行。

折琼枝以为羞^②兮，精^③琼^④麋^⑤以为粻（zhāng）。

为余驾飞龙兮，杂瑶象^⑥以为车。

何离心^⑦之可同兮，吾将远逝以自疏。

邅⑧吾道夫昆仑兮，路修远以周流。

扬云霓⑨之晻⑩蔼兮，鸣玉鸾⑪之啾啾。

朝发轫于天津⑫兮，夕余至乎西极⑬。

凤皇翼⑭其承旂⑮兮，高翱翔之翼翼。

忽吾行此流沙⑯兮，遵赤水⑰而容与⑱。

麾⑲蛟龙使梁津兮，诏⑳西皇㉑使涉予㉒。

路修远以多艰兮，腾㉓众车使径侍㉔。

路不周㉕以左转兮，指西海㉖以为期㉗。

屯余车其千乘兮，齐玉轪㉘而并驰。

驾八龙之婉婉㉙兮，载云旗之委蛇㉚。

抑志㉛而弭节兮，神高驰之邈（miǎo）邈。

奏《九歌》而舞《韶》兮，聊假日以媮㉜乐。

陟㉝升皇之赫戏兮，忽临睨㉞夫旧乡。

仆夫悲余马怀兮，蜷局㉟顾而不行。

乱曰：已矣哉，国无人莫我知兮，又何怀乎故都？

既莫足与为美政兮，吾将从彭咸之所居。

【注释】

①历：选择。

②羞：珍贵食品。

③精：舂碎。

④琼：玉屑。

⑤糜（mí）：通"縻"，细末。

⑥象：象牙。

⑦离心：志异。这句话说心志不一样，怎能凑合在一块呢。

⑧邅（zhān）：迂回。

⑨云霓：指旌旗。

⑩晻（ǎn）：变暗。

⑪玉鸾：用玉雕刻成鸾鸟形的车铃。

⑫天津：天河的渡口。

⑬西极：西方的尽头。

⑭翼：这里形容凤旗庄重严整的样子。

⑮旂（qí）：旗的总称。

⑯流沙：神话中西方的沙漠。

⑰赤水：神话中的水名，起源于仓山。

⑱容与：缓行。

⑲麾（huī）：指导。

⑳诏：命令。

㉑西皇：神话中西方的神，流传即少皞（hào）。

㉒涉予：载我过去。

㉓腾：传言，告诉。

㉔径侍：径直侍候。

㉕不周：神话中的山，位于西北。

㉖西海：西方的海。

㉗期：会。

㉘玉轪（dài）：拿玉装饰的车轮。

㉙婉婉：弯曲的样子。

㉚委蛇：旌旗迎风舒展的样子。

㉛抑志：垂下旌旗，此处指安定、控制心情。志，通"帜"。

㉜媮（yú）：一作"愉"解，愉快。另一作"偷"解，苟且。

㉝陟（zhì）：上升，与"降"相对。

㉞睨（nì）：斜视。

㉟蜷局：拘挛回环，徘徊不前。

【译文】

灵氛已告知我卦辞吉祥，选定好日子我将再出走四方。

我折下琼枝作为珍肴啊，又精制玉屑作为干粮。

腾飞的神龙啊是我乘车的坐骑，我的车身又用美玉和象牙装潢。

心志不同的人怎么能在一起，我要飘然远逝去创造自己的辉煌。

我将行程转向西方的昆仑，道路遥远而又弯曲。

满天云霓像彩旗飘扬在九天，玉制的车铃发出铿锵的音响。

早晨我从天河的渡口出发，黄昏我到西天徜徉。

凤凰的彩翎接连着彩旗，高飞在云天任意翱翔。

转眼间我来到西方的沙漠，沿着赤水河我又徘徊犹豫。

我指挥蛟龙在渡口搭起桥梁，叫西皇帮助我涉过这赤水急滩。

行程如此遥远，天路这般艰难，我叫随从的车队侍候两旁。

翻过不周山转而向左，那浩瀚的西海是我们相会的地方。

我们成千的车辆列着队伍，玉制的车轮在隆隆地轰响。

每辆车驾着八条蜿蜒的神龙，车上的云旗啊飘扬在云端。

控制着满腔的兴奋，我的心如奔马，驰向远方。

演奏着《九歌》，舞起了《韶》，我要尽情地欢乐和歌唱。

我刚刚升上灿烂的天宇，猛回头却望见了熟悉的故乡。

啊，我的仆人悲泣，我的马儿彷徨，它蜷曲着身子，频频回首，不肯再在茫茫的穹苍前行。

尾声：算了吧，家里既然没有人理解我，我又何苦再想念着家乡？

理想中的政治既然不能实现，我还是到彭咸之所安居吧。

《离骚》是屈原的代表作。所谓"离骚",就是遭受忧患之意。作者为了振国安邦,主张施行"美政",一心为国为民,却遭到排挤。作者通过表述自己远大的政治理想和在政治斗争中遭受的迫害,揭露并批判了楚国黑暗的政治现实,反映了他顽强的斗争意志和志洁行廉、上下求索的傲岸情怀,以及崇高的爱国主义精神。另外,《离骚》大量使用"香草美人"的比兴手法,把历史和神话、真实与幻想融为一体,语言真挚、构思奇特、意境开阔、想象丰富,表现出了宏伟的气魄,抒发了深刻的忧愤之情,具有强烈的震撼人心之力量。

延伸/阅读

《离骚》中的植物分类

在《离骚》中,屈原提到了很多植物,主要有香草、香木、恶草等。而根据这些植物在诗文所代表的含义,可将这些植物分为两类。

(一)比喻有才能的人,或比喻美德与高洁的品质。

这一类主要包括香草和香木。

香草主要有江离、宿莽、蕙、茝、荃、留夷、揭车、杜衡、芳芷、薜荔等。

香木主要有木兰、申椒、菌桂等。

(二)比喻奸佞小人,或比喻恶行与低劣的品质。

这一类主要包括恶草,有菉、葹(枲耳)、萧艾等。

学海/拾贝

☆ 余既不难夫离别兮，伤灵修之数化。

☆ 长太息以掩涕兮，哀民生之多艰。

☆ 怨灵修之浩荡兮，终不察夫民心。

☆ 众女嫉余之蛾眉兮，谣诼谓余以善淫。

☆ 宁溘死以流亡兮，余不忍为此态也。

☆ 虽体解吾犹未变兮，岂余心之可惩？

☆ 路曼曼其修远兮，吾将上下而求索。

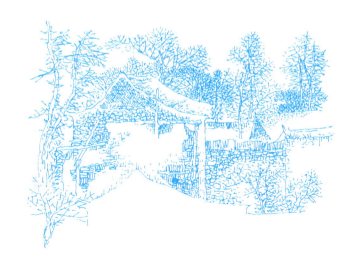

九　歌

名师导读

　　《九歌》是一组祭祀神祇的乐歌，原流传于楚国江南（沅、湘流域）。屈原被楚怀王流放至此地之后，在原始乐歌的基础上对《九歌》进行了加工改写，而使其具有了新的体制特点和精神面貌。《九歌》一共有十一篇，前十篇每一篇都祭一个神，大致可以分为四类。《东皇太一》《云中君》《大司命》《少司命》《东君》五篇是祭祀天神之歌，其中《东皇太一》为迎神曲；《湘君》《湘夫人》《河伯》《山鬼》四篇是祭祀地祇之歌；《国殇》一篇是祭祀人鬼之歌；最后一篇《礼魂》是送神曲，表明祭礼结束。其中天神、地祇、人鬼的体制安排，体现了《九歌》的完整性和系统性。

东皇太一①

【原文】

　　吉日兮辰良②，穆将愉③兮上皇④。

　　抚长剑兮玉珥⑤，璆锵⑥鸣兮琳琅⑦。

　　瑶席⑧兮玉瑱⑨，盍⑩将把兮琼芳⑪。

　　蕙肴蒸兮兰藉⑫，奠桂酒兮椒浆⑬。

　　扬枹⑭兮拊鼓⑮。疏缓节⑯兮安歌⑰，陈⑱竽瑟⑲兮浩倡⑳。

扫码看视频

灵㉑偃蹇㉒兮姣服㉓，芳菲菲兮满堂。
五音㉔纷兮繁会㉕，君㉖欣欣兮乐康。

【注释】

①东皇太一：天上最尊贵的神。太一，楚人对天神的叫法。天神本来无所不在，这里称他为"东皇"，是因为他的祠立在楚国的东边。《九歌》每一篇的标题，都是楚人所习惯叫的神名。

②辰良：良辰，好时光。

③穆将愉：同"将穆愉"。穆，尊敬。将，要。愉，高兴。

④上皇：指东皇太一。

⑤珥（ěr）：剑珥，剑柄和剑身接合之处，左右突出的部分。

⑥璆（qiú）锵（qiāng）：玉相碰声。

⑦琳琅：美玉。

⑧瑶席：装饰华美的供案。

⑨玉瑱（zhèn）：压席的玉器。瑱，通"镇"，压。

⑩盍（hé）：通"合"，并。

⑪琼芳：玉色的花朵。这里指在神座前摆放成束的鲜花。

⑫蕙肴蒸兮兰藉：这句是讲用蕙草包着祭祀的肉，用兰草垫底。肴蒸，祭祀用的肉。藉，垫底。

⑬奠桂酒兮椒浆：拿酒来祭神。桂酒、椒浆，指用桂、椒等香料泡制的酒。浆，薄酒。

⑭枹（fú）：鼓槌。

⑮拊（fǔ）鼓：敲鼓。

⑯节：节拍。

⑰安歌：指歌声随着鼓拍的节奏变得缓慢而平静。

⑱陈：列。

⑲竽（yú）瑟：两种乐器。竽有三十六根簧，为笙类；瑟有十五根弦，为琴类。

⑳浩倡：大声唱歌，与"安歌"相对成文，是演奏的发展。倡，通"唱"。

㉑灵：巫女。

㉒偃（yǎn）蹇：翩翩起舞的样子。

㉓姣（jiāo）服：美丽的衣服。

㉔五音：宫、商、角、徵、羽。

㉕繁会：错杂交响。

㉖君：指天神，即东皇太一。

【译文】

在这个吉祥的大好日子里，恭恭敬敬地祭祀上皇。

他手抚着玉镶宝剑，满身的佩玉叮当作响。

铺上的玉瑱压在瑶席上，把大束的鲜花献在神座边上。

再把蕙草包裹的祭肉蒸好，垫上兰草，然后把用桂、椒泡制的酒献给上皇。

高举鼓槌猛力敲打。歌声随着节拍变得徐缓而平静，歌声随竽瑟一同高扬。

巫女身穿漂亮的衣服翩翩起舞，飘溢的香气郁满了宫殿。

各种乐器都会合在一起，祈愿东皇太一快乐安康。

点师名评

东皇太一为天神。其中，"皇"是楚国人对天的尊称；而"太一"在先秦的一些典籍中并不是天神的名称，而是一个抽象的哲学概念。姜亮夫在《楚辞通故·天部》中说："上皇即天帝之称变，言上皇者，以协韵之故，以此知战国时已以太一为天帝矣。"可见，在战国时期，太一已经成了民间信仰的最高的神，而将太一视为天神并加以祭祀最早见于《九歌》，所以，祭祀太一可能是楚国特有的风俗。由于太一的祠设在楚国的东面，故称其为东边。《东皇太一》是祭祀最高天神的乐歌，居《九歌》之首，是为迎神曲。全篇充满馨香祷祝之音，使人心生庄穆敬畏之情，表现出对最高天神的虔敬与祝颂。

云中君①

【原文】

浴兰汤兮沐②芳，华采衣③兮若英④。
灵连蜷⑤兮既留⑥，烂昭昭⑦兮未央⑧。
蹇将憺兮寿宫⑨，与日月兮齐光⑩。
龙驾⑪兮虎服⑫，聊⑬翱游⑭兮周章⑮。
灵皇皇⑯兮既降⑰，猋⑱远举兮云中。
览冀州⑲兮有余，横四海⑳兮焉穷。
思夫㉑君兮太息，极劳心兮忡忡㉒。

扫码看视频

【注释】

①云中君：云神。《楚辞补注》："云神丰隆也，一曰屏翳。"

②沐：清洗头发。祭神之前，必须斋戒沐浴，以示尊敬。

③华彩衣：华丽高贵带颜色的衣服。

④若英：如花朵一样鲜艳。英，花朵。

⑤连蜷：回环曲折的样子。

⑥既留：神下到凡间后留在巫的身上。

⑦烂昭昭：光明。

⑧未央：无穷尽。

⑨蹇将憺（dàn）兮寿宫：这句承接"灵连蜷兮既留"，指神已来到神堂，享用祭祀。蹇，发语词。寿宫，供神的屋子。

⑩齐光：光辉。这句承接"烂昭昭兮未央"，赞扬神的功德。

⑪龙驾：龙车。

⑫虎服：驾着虎。服，车右边所驾之物。

⑬聊：姑且。

⑭翱游：翱翔。

⑮周章：周游往来。

⑯皇皇：通"煌煌"，辉煌灿烂。

⑰降：通"洪"，下。

⑱猋（biāo）：敏捷。

⑲冀州：中国古时候分为九州，即冀、兖、青、徐、扬、荆、豫、梁、雍，冀州为九州之首。

⑳四海：指九州范围外的地方。古人以为中国四周都是大海，所以用四海代表四方的边际。

㉑夫：语气词。

㉒忡（chōng）忡：不安忧愁的模样。

【译文】

　　主祭者用芳香兰汤浴身用白芷水洗发，穿上华丽漂亮的衣服鲜艳如花。

　　神灵附身，巫师身姿美妙让人流连，天色微明，夜犹未尽。

　　神灵将在祭祀那天来到神宫，你的光辉如太阳和月亮一样明亮。

　　乘着龙车，鞭策着虎，姑且在人间翱翔周游四方。

　　耀眼的云中君已经降到人间，可是却又像旋风一样躲入云中。

　　你所看到的远超出冀州，你的足迹遍及四海无疆。

　　想念你的我只有叹息，无比相思却又让人忧心忡忡。

　　"云中君"，从字面理解，应该是云中的一位神，历来多认为是云神丰隆，如洪兴祖的《楚辞补注》中说："云神丰隆也，一曰屏翳。"

　　《云中君》可分为两部分，第一部分写神的降临，第二部分歌颂神的德泽。全篇除描述祭祀云神的全过程外，人和神的唱词从不同角度对云神的特征进行了描述，均寄寓了人们对"云中君"的期盼和眷恋，表现了人们对云雨的渴望和"云中君"对人们祭礼的报答。

湘　君①

【原文】

　　君不行兮夷犹②，蹇谁留③兮中洲④？

　　美要眇⑤兮宜修⑥，沛⑦吾乘兮桂舟⑧。

　　令沅湘兮无波，使江水⑨兮安流！

望夫君兮未来，吹参差⑩兮谁思⑪！

驾飞龙⑫兮北征⑬，邅⑭吾道兮洞庭。

薜荔⑮柏⑯兮蕙绸⑰，荪⑱桡⑲兮兰旌。

望涔阳⑳兮极浦，横大江兮扬灵㉑。

扬灵兮未极㉒，女㉓婵媛㉔兮为余太息。

横流涕兮潺湲㉕，隐思君兮陫侧㉖。

桂棹㉗兮兰枻（yì），斲冰兮积雪㉘。

采薜荔兮水中，搴芙蓉兮木末㉙。

心不同㉚兮媒劳㉛，恩不甚㉜兮轻绝㉝！

石濑㉞兮浅（jiān）浅，飞龙兮翩翩。

交不忠兮怨长，期不信兮告余以不闲。

鼂㉟骋骛兮江皋，夕弭节㊱兮北渚。

鸟次兮屋上，水周兮堂下。

捐余玦㊲兮江中，遗余佩兮醴浦㊳。

采芳洲兮杜若，将以遗兮下女。

时不可兮再得，聊逍遥兮容与。

【注释】

①君：指湘君。湘水有男女两神，男神叫湘君，女神叫湘夫人。郦道元《水经注·湘水》载："大舜之陟方（巡视四方）也，二妃从征，溺于湘江，神游洞庭湖之渊，出入潇湘之浦。"又张华《博物志》载："尧之二女，舜之妃，曰湘江夫人。舜崩，二妃啼，以涕挥竹，竹尽斑。"相传舜妃娥皇、女英自投湘水而死，楚人给她们立祠，将她们当作湘水的女神来祭祀。舜的陵墓在苍梧，是湘水的发源地，因此湘水的男神，也就是舜。《史记·秦始皇本纪》司马贞注："夫人是尧女，则湘君当是舜。"

②夷犹：犹豫不前。

③谁留：为何人而停留。

④中洲：洲中，水中的小岛。

⑤要（yāo）眇（miǎo）：本作"要妙"，容貌妙丽，与窈窕意思相近。

⑥宜修：妆化得恰到好处。

⑦沛：水势湍急的样子，引申为行动快速。

⑧桂舟：拿桂木做的船，取其香洁。

⑨江水：即长江。

⑩参差：箫的另一个名字。古时候的箫与现代的笙差不多，用竹管编排，大的有三十三根管，小的有十六根管，依照音律排在木盒里，因此叫排箫。排箫上端平齐；下端两头长、中间短，参差不齐，因此排箫又叫"参差"。

⑪谁思：想念谁。

⑫飞龙：指快船。

⑬征：行。

⑭邅（zhān）：回转。

⑮薜（bì）荔：香草。下文的"蕙"也是香草。

⑯柏：帘子。

⑰绸：古时候帷帐的称呼。

⑱荪（sūn）：一本作荃，香草。

⑲桡（ráo）：船桨。

⑳涔（cén）阳：地名，位于涔水北岸。

㉑扬灵：神驰远望。

㉒极：到达。

㉓女：侍女。

㉔婵媛：留恋、缠绵多情的样子。

㉕潺（chán）湲（yuán）：眼泪慢慢流下来的样子。

㉖陫（fěi）侧：通"悱恻"，即悲伤。

㉗棹（zhào）：桨。

㉘斲（zhuó）冰兮积雪：斲同"斫"，砍也。江水结冰，因此用桂棹把冰抛开，把雪堆起，给船开路。

㉙搴（qiān）芙蓉兮木末：莲花本就生在水中，现在却要到树梢上去拔，言其不可能。搴，拔取。芙蓉，莲花。

㉚心不同：心里想的不一样。

㉛媒劳：媒人徒劳。

㉜恩不甚：恩情不深。

㉝轻绝：轻易就分开了。

㉞濑（lài）：浅滩。

㉟鼂（zhāo）：通"朝"，早晨。

㊱弭（mǐ）节：停船。

㊲玦（jué）：古时佩带的玉器，环形，有缺口。

㊳醴（lǐ）浦：澧水之滨。醴，通"澧"，水名。

【译文】

湘君，你为什么犹豫不走，谁把你放在水中的小岛让我想念？

我为你浓妆又淡抹，急流中驾起桂木龙舟快速起程。

命令沅水、湘水要风平浪静，让江水缓缓而流。

盼望你来你却还没有来，吹起排箫你说我为谁相思！

驾着龙舟朝北行，转头又去了美丽的洞庭湖。

用薜荔做船舱，用蕙草做幕帐，用香荪做船桨，用兰草做旌旗。

远望涔阳在那遥远的地方，横渡大江啊神驰远望。

我驱舟前进啊未能与你相遇，身边的侍女为我发出哀叹声。

眼泪止不住地从脸颊两侧流下来，心里想起你就会默默伤心。

摇起玉桂做的长桨和木兰做的短桨，击破坚冰和堆起积雪打算让船去远航。

就像在水中采薜荔，到树梢摘荷花。

两个人的心不在一起怎能空劳媒人，彼此相爱不深当然容易轻抛！

江水在砂石间急速流淌，龙舟在水面翩翩。

不真诚的交往会使怨恨更深，约期相会不守信誉竟告诉我没有闲暇。

一大早就从江边匆忙赶路，傍晚停靠在小岛上心却烦躁。

堂屋上鸟儿在栖息，祭坛下水流淙淙回绕。

把我的玉玦扔进江里，把我的佩饰留在醴水旁。

我在岛上采摘花草，把它送给身边的侍女。

丢失的时光再也找不回来，暂且漫步松弛心神。

点师名评

《湘君》中的"湘君"和《湘夫人》的"湘夫人"是湘水的配偶之神。相传，帝舜巡视南方，崩于苍梧，其二妃娥皇、女英得知消息，自投湘水而死。帝舜化为湘水之男神，即湘君，二妃化为湘水之女神，即湘夫人。湘水之神同一切痴男怨女一样，经常分离、独守而思念、寻找，情感也跌宕曲折。《湘君》的叙事者是男灵巫装扮、已神人合一的湘夫人，叙述她一整天历尽辛劳，在水上对湘君追寻的过程：先是一大早湘夫人就精心装扮赴约，却未见湘君，于是失望地吹起排箫，后驾舟寻觅亦不见影踪，由是开始感叹爱的徒劳，并埋怨、斥责湘君用情不专。终日追寻而不得之后，她一气之下将定情的玦、佩弃至江中和水边。情绪渐渐平复后又心有不舍，直到傍晚才回到小岛。被情网牢牢缚住的湘夫人，其期盼寻觅、犹豫猜疑、悲伤嗔怪、自我排解等情态，让我们看到一位娇羞且任性的女神形象。

湘夫人

【原文】

帝子①降兮北渚，目眇眇②兮愁予。

嫋嫋③兮秋风，洞庭波兮木叶下。

登白𬞟④兮骋望，与佳期兮夕张⑤。

鸟何萃⑥兮𬞟（pín）中，罾⑦何为兮木上？

沅有茝⑧兮醴⑨有兰，思公子⑩兮未敢言。

荒忽⑪兮远望，观流水兮潺湲。

麋（mí）何食兮庭中？蛟何为兮水裔⑫？

朝驰余马兮江皋，夕济⑬兮西澨⑭。

闻佳人兮召予，将腾驾兮偕逝⑮。

筑室兮水中，葺⑯之兮荷盖⑰。

荪壁⑱兮紫坛⑲，播芳椒兮成堂。

桂栋兮兰橑⑳，辛夷㉑楣兮药㉒房。

罔㉓薜荔兮为帷，擗㉔蕙櫋㉕兮既张。

白玉兮为镇㉖，疏㉗石兰㉘兮为芳。

芷葺兮荷屋，缭㉙之兮杜衡㉚。

合百草兮实庭，建芳馨兮庑㉛门。

九嶷缤兮并迎，灵之来兮如云。

捐余袂㉜兮江中，遗余褋（dié）兮醴浦。

搴汀（tīng）洲兮杜若，将以遗兮远者。

时不可兮骤得，聊逍遥兮容与！

【注释】

① 帝子：指湘夫人，她是帝尧的女儿，因此称"帝子"。

② 眇眇：极目远望的样子。

③ 嫋（niǎo）嫋：风力微弱的样子。

④ 薠（fán）：一种近水生的秋草。

⑤ 张：陈设，指祭祀用的东西等。

⑥ 萃（cuì）：聚集。

⑦ 罾（zēng）：抓鱼的网子。这两句与《湘君》中"采薜荔兮水中，搴芙蓉兮木末"这两句的意义一样，都是拿一种反常的现象，来比喻心意难达、寻求不到。

⑧ 茝：通"芷"。

⑨ 醴：一本作澧，指澧水。

⑩ 公子：指湘夫人。

⑪ 荒忽：神志不清。

⑫ 水裔（yì）：水边。

⑬ 济：渡水。

⑭ 澨（shì）：水滨。

⑮ 偕逝：一同前往。

⑯ 葺（qì）：编茅草以盖房子。

⑰ 荷盖：拿荷叶盖房子。

⑱ 荪（sūn）壁：拿荪草装饰的墙。

⑲ 紫坛：用紫贝铺的中庭。坛，楚地方言，中庭。

⑳ 橑（liáo）：屋橼。

㉑ 辛夷：一种香木，北方称木笔，南方称望春。

㉒ 药：香草，又称白芷。

㉓罔：通"网"，编结。

㉔擗（pǐ）：拿手分开。

㉕櫋（mián）：隔扇。

㉖镇：压座席的工具。

㉗疏：散布。

㉘石兰：兰草的一种，也称山兰。

㉙缭：缠绕。

㉚杜衡：香草的名字。

㉛庑（wǔ）：过道。

㉜袂（mèi）：指衣袖。

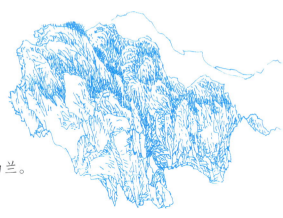

【译文】

湘夫人降落在北边水中小块陆地之上，举目远望的样子使我发愁。

秋风轻轻吹拂，洞庭翻起波浪、树叶飘零。

站在长满白蘋的岸上纵目远眺，跟佳人相约早已布置好。

鸟儿为什么聚集在水草中，渔网为什么挂结在树梢上？

沅水有白芷，澧水有泽兰，思念湘夫人却不敢讲。

恍惚遥望远方，只见江水缓缓流淌。

麋鹿为什么觅食在庭院中？蛟龙为什么被困在水边？

清晨驱驰我的马来到水边，傍晚在西岸边渡河。

一旦听到湘夫人召唤我，我将驾车飞驰与她一起前往。

在水中央建造房屋，用荷叶覆盖屋顶。

墙用荪草装饰，地面以紫贝铺成，用散布芬香的椒和泥涂壁。

用桂木做屋梁，用木兰做椽子，用辛夷做门楣，用白芷饰卧房。

编结薜荔做成帷幔，分开蕙草做室内的隔扇，放置停当。

用白玉压住座席，石兰在室内散发香气。

用白芷修葺，用荷叶做屋，周围还缠绕有杜衡。

汇集各种花草使庭院充实，回廊上充满芬芳馥郁。

九嶷山神一起来迎，神灵降临齐聚如云。

抛弃我的衣袖在江中，丢掉我的单衣在醴水边。

拔取水边或水中高地的杜若，将它赠送给陌生人。

既然美好的时光不能经常得到，那就姑且漫步放松心神吧！

点师名评

　　和《湘君》一样，《湘夫人》以等候而人不至为线索，不过这次的叙事者已转换为女灵巫装扮的湘君，思念、等候的对象则是湘夫人。《湘夫人》中的心理描写比《湘君》要少，但缠绵悱恻的气氛是一致的。湘夫人和湘君甚至在不同的篇目里做了同样的事，说了同样的话。湘夫人出于懊恼捐玦弃佩，湘君则以丢弃袂、褋为湘夫人留下寻觅的踪迹。爱情不仅是甜蜜的，甜蜜里还夹缠着痛苦，因为爱情所能激发的想象力是无穷尽的。它呼唤甜蜜，也招惹嫉妒、恼恨和无尽的想法。一切都发生在水上或水边，水上的木舟、波涛，水边的香草、鲜花，湘君甚至在水中以奇花异草筑起一个美妙的庭园，等待与湘夫人的重逢。

大司命①

【原文】

广开②兮天门，纷③吾乘兮玄云④。

令飘风⑤兮先驱，使冻雨⑥兮洒尘。

扫码看视频

君⑦回翔兮以下，踰（yú）空桑⑧兮从女⑨。

纷总总⑩兮九州，何寿夭兮在予⑪！

高飞兮安翔，乘清气兮御阴阳⑫。

吾与君兮斋速，导帝之兮九坑⑬。

灵衣⑭兮被被⑮，玉佩兮陆离⑯。

壹阴兮壹阳⑰，众莫知兮余所为。

折疏麻⑱兮瑶华⑲，将以遗兮离居⑳。

老冉冉兮既极，不寖近㉑兮愈疏。

乘龙兮辚辚㉒，高驰㉓兮冲天。

结桂枝兮延伫㉔，羌愈思兮愁人。

愁人兮奈何，愿若今兮无亏。

固人命兮有当，孰离合㉕兮可为？

【注释】

① 大司命：掌握人类寿命的神。王夫之《楚辞通释》载："大司命统司人之生死，而少司命则司人子嗣之有无。以其所司者婴稚，故曰少。大，则统摄之辞也。"

② 广开：敞开。

③ 纷：盛多。

④ 玄云：黑云。

⑤ 飘风：疾风。

⑥ 涷（dōng）雨：暴雨。

⑦ 君：巫女对大司命的尊称。

⑧ 空桑：神话中的山名。

⑨ 女：通"汝"，指大司命。

⑩纷总总：表示九州大地上人类太多的意思。

⑪予：大司命的自称。

⑫阴阳：我国古代纯朴的唯物主义者认为，阴、阳是自然界两种互相排斥的物质力量，阴、阳二气的运动，能使万物发展变化。

⑬九坑：山的名字。

⑭灵衣：大司命所着华服。灵，一本作"云"。

⑮被（pī）被：通"披披"，衣服飘荡的样子。

⑯陆离：光彩闪烁的样子。

⑰壹阴兮壹阳：参见曹植《洛神赋》之"乍阴乍阳"，指神光的忽现忽隐。阴，暗。阳，明。

⑱疏麻：神麻。

⑲瑶华：玉色的花。

⑳离居：分开生活的人。

㉑寖（jìn）近：渐渐。

㉒辚（lín）辚：车走的声音。

㉓高驼：高飞远举。驼，通"驰"。

㉔延伫：来回盼顾。

㉕离合：指神与人的分别、会合。

【译文】

快把天宫的门敞开，我乘着黑云下来。
我命旋风在前开道，让暴雨洗净灰尘。
你在空中盘旋并降临人间，我越过空桑山紧跟在你后边。
九州里有众多的子民，他们的生死由我掌管！
我和你清闲地高高飞翔，坐着清明之气驾驭阴阳。
我和你恭谨地上前迎接天帝，把天帝的灵威带到人间。

华服轻盈地飘动着，腰间的玉佩闪闪发亮。

灵光若有若无地飘忽不定，谁也不清楚我在做什么。

我随手摘下神麻玉色的花，把它送给分别者聊表思念。

人老了已渐渐走向垂暮，不与大司命走近就会更加疏远。

大司命驾着龙车轰轰隆隆，快速地奔驰着冲向天空。

我编结桂树的枝条思念远望，越思念反而越忧心忡忡。

令人忧愁的思念让人摆脱不掉，但愿康宁啊永像如今。

人的寿命原本就有短有长，谁又能掌控这生死阴阳？

　　《大司命》是一首迎送大司命的乐歌。对于大司命的职责划分，王夫之在《楚辞通释》中说："大司命统司人之生死，而少司命则司人子嗣之有无。"由此可知，在神话中大司命掌管人的寿命。

　　从内容上看，这篇祭歌大致可以看作大司命与祭祀之人的对话。辞中交错着第一人称（大司命）和第三人称（女灵巫）的变化。大司命是掌握人之寿运的星官，因此，他扫荡一切的阳刚、对死亡的大权独揽之势甚至比东皇太一更加令人敬畏。相比之下，女灵巫的歌唱显得那样温驯和柔软。阅读时应仔细体会这种语气中的变化。

少司命

【原文】

秋兰兮麋芜[①]，罗生兮堂下。

绿叶兮素枝，芳菲菲兮袭予。

夫人自有兮美子②，荪③何以兮愁苦！

秋兰兮青青④，绿叶兮紫茎。

满堂兮美人，忽独与余兮目成⑤。

入不言兮出不辞⑥，乘回风兮载云旗。

悲莫悲兮生别离，乐莫乐兮新相知。

荷衣兮蕙带，倏⑦而来兮忽而逝。

夕宿兮帝郊⑧，君谁须⑨兮云之际？

与女游兮九河，冲风至兮水扬波。

与女沐兮咸池⑩，晞⑪女发兮阳之阿⑫。

望美人兮未来，临风恍⑬兮浩歌。

孔盖⑭兮翠旌⑮，登九天兮抚彗星⑯。

竦⑰长剑兮拥幼艾⑱，荪独宜兮为民正。

【注释】

①麋（mí）芜：香草。

②美子：乖巧的儿女。

③荪：一作"荃"，即少司命。

④青青：通"菁菁"，茂盛的样子。

⑤目成：眉目传情。

⑥辞：分别。

⑦倏（shū）：快速。

⑧帝郊：天国的郊野。

⑨须：期待。

⑩ 咸池：古时候神话里太阳沐浴的地方。

⑪ 晞（xī）：晒干。

⑫ 阳之阿（ē）：神话中的山名，太阳升起的地方。

⑬ 恍：怅惘、失意的样子。

⑭ 孔盖：拿孔雀羽毛做的车盖。

⑮ 翠旍（jīng）：拿翠鸟羽毛做的旌旗。

⑯ 彗星：俗称"扫把星"，古时相传，彗星的出现象征战乱、灾荒等不祥的事将发生。少司命手抚彗星，有帮助儿童扫除灾难的意思。

⑰ 竦（sǒng）：执、握。

⑱ 幼艾：对小孩子的称呼。

【译文】

秋天的兰草与细叶蘼芜，遍布在祭堂的庭院四周。

嫩绿色的小叶里夹着纯白的花，芬芳的香气朝我扑面而来。

人们都有他们的好儿女，你为什么还那么担心？

堂下的秋兰正开得青翠茂盛，嫩绿叶片伴着紫色的茎。

站满堂的都是美人，忽然你单单与我眉目传情。

突然降临又不辞而别，驾起旋风、树起云旗飘然离去。

最伤心莫过于活着的时候分离，最欢乐莫过于有新朋友。

穿上荷花做的衣服，系上蕙草衣带，忽然来了却又忽然远离。

傍晚时你在天国的郊外留宿，你到底是在等待谁久久不愿意离开这云际？

我真想与你到天河中畅游，但暴风将天河水掀起了巨浪。

我真想与你到咸池清洗秀发，到有日出的地方把你的头发晒干。

思念着你，可你却久久不来，我心绪失意地迎风高唱。

孔雀翎编制的车盖还有翠绿色的旌旗，你驾着车登上九天安抚彗星。

手里直握长剑保护着你的孩子，只有你最适合成为人间的主宰。

点师名评

　　在神话中，少司命是主管人间子嗣的神，是一位年轻美貌、温柔多情的女神，因主管儿童，故称作"少司命"。本篇为少司命的祭歌，以对唱形式，记述了降神、娱神、颂神、送神的祭祀全过程。《少司命》和《大司命》都是一方面用人物自白、倾吐内心的方式展开其精神世界，另一方面用灵巫眼中所见来刻画形象。与女灵巫眼中大司命绝对的阳刚之气相比，男灵巫眼中的少司命阴柔、温存甚至感伤，"满堂兮美人，忽独与余兮目成"，她让人觉得神是可以接近的，乃至可以试探的。在祭祀之歌中写下男女私情，写下男灵巫对女神的爱慕之情，是把"人神的所有隔膜全部打破，所有障碍全部推倒。他们浑然一体，耳鬓厮磨，狂放亲昵。如此的祭堂之歌有些令人费解，自然是诗人的一次肆意狂想。在整个的巫术活动中，这种爱的渗透和流露时有发生，这儿达到了极致。"（张炜《楚辞笔记》）

东　君①

【原文】

　　暾②将出兮东方，照吾③槛兮扶桑。
　　抚余马④兮安驱⑤，夜皎皎兮既明。
　　驾龙⑥辀⑦兮乘雷⑧，载云旗⑨兮委蛇⑩。
　　长太息⑪兮将上⑫，心低徊⑬兮顾怀⑭。
　　羌⑮声色⑯兮娱人，观者憺⑰兮忘归。

缅^⑱瑟兮交鼓，箫^⑲钟兮瑶^⑳簴^㉑。

鸣鵾^㉒兮吹竽，思灵保^㉓兮贤姱^㉔。

翾飞兮翠曾^㉕，展诗^㉖兮会舞。

应律^㉗兮合节^㉘，灵^㉙之来兮蔽日^㉚。

青云衣兮白霓裳^㉛，举长矢兮射天狼^㉜。

操余弧^㉝兮反^㉞沦降^㉟，援^㊱北斗兮酌桂浆。

撰^㊲余辔兮高驼翔^㊳，杳冥冥兮以东行。

【注释】

① 东君：太阳神。

② 暾（tūn）：刚升起来的太阳。

③ 吾：太阳神的自称。

④ 马：指为太阳神驾车的马。

⑤ 安驱：缓行。

⑥ 龙：龙车。

⑦ 辀（zhōu）：通"舟"，本是车辕，在这用来指代整辆车子。

⑧ 乘雷：车轮滚动时的声音响如雷。

⑨ 载云旗：太阳刚升起时，四周云彩围绕，好像安插上旌旗。

⑩ 委蛇：旌旗飞起时舒卷的样子。蛇，通"夷"。

⑪ 太息：叹气。

⑫ 上：指太阳往上升。

⑬ 低佪（huái）：迟疑不前。

⑭ 顾怀：留恋。

⑮ 羌（qiāng）：发语词。

⑯ 声色：指下文祭祀中的音乐与舞蹈。

⑰ 憺（dàn）：贪恋。

⑱ 缅（gēng）：绷紧琴弦。

⑲箾：此处意为碰击。

⑳瑶：一说为"摇"，指震动。

㉑簴（jù）：悬挂钟磬的木架。

㉒鷈（chí）："簴"的本字，指一种箫类的乐器。

㉓灵保：指装神的巫。

㉔姱：美好。

㉕翾（xuān）飞兮翠曾（zēng）：形容迎神女巫们的舞蹈，她们的身体轻盈就像翠鸟举翅翱翔。翾，小鸟飞起来轻扬的样子。翠，翠鸟。曾，举起翅膀。

㉖展诗：陈诗，摊开诗章来唱。

㉗律：音律。

㉘节：节拍。

㉙灵：其他神灵。

㉚蔽日：指从官众多把日光遮盖了起来。

㉛青云衣兮白霓裳：以青云为衣、白霓为裳，指太阳上升得很高时云霓辉映的样子。

㉜天狼：星的名字。古时候迷信，认定不同星宿对应不同的社会现象，天狼对应侵略。

㉝弧：木弓，也是天上星的名字。

㉞反：通"返"。

㉟沦降：沉落。

㊱援：引，拿起。

㊲撰（zhuàn）：持。

㊳驼翔：驰骋飞翔。驼，通"驰"。

【译文】

温暖的阳光从东方升起，温柔的阳光透过扶桑树照进我的栏杆。

爱抚着我的龙马就要起程，幽黑的天空渐渐明亮。

我驾驭的龙车一路上发出雷鸣般的响动，车子四周云彩为旗飘浮动荡。

悠悠地叹了口气，我将缓缓地向上升起，心中犹豫不决，留恋而又彷徨。

我在欢娱悦耳声中飞过人群，观看的人怡然安乐忘记返回。

弹起琴瑟、敲响乐鼓，鼓棒整齐的敲打声把鼓架都震得晃动起来。

吹起篪，演奏起竽，朝着太阳大声赞美。

舞蹈的女子像是翠鸟展翅高飞，唱着诗章，伴着音乐，好不热闹。

音乐的旋律加上舞曲的节拍，神仙彩云般地降临在天空遮天蔽日。

用青云做成衣服，用白霓做成裙子，举起长长的利箭直射天狼星。

手持天弓向西方坠落，用北斗星斟满胜利的桂花酒畅饮。

我驾着龙车继续向前驰奔，穿过漫漫黑夜奔向东方。

点名师评

　　《东君》是中国文学史上第一支太阳礼赞曲。"东君"是古代神话传说中的日神，这种说法始于王逸，后人一般袭用这个说法。之所以称之为"东君"，应当是楚国地方风俗。

　　作为祭祀太阳神的乐歌，《东君》通篇以祭者和神灵两种口吻交替歌唱，开篇和结尾描写的是对日神的想象，中间部分描写的是人间的祭祀活动，赞颂了日神普照万物、惩除邪恶、保佑众生的美好品质，体现了人们对日神的无限感激和赞颂之情。

　　早在殷商时期的甲骨文中，便有举行迎日祭祀的记载。本篇讲述了从日出到日落的过程，除《东皇太一》外，本篇营造的气氛最为盛大、热烈。有学者指出本篇原应在《东皇太一》与《云中君》之间，因为东君与云中君是一晴一阴互相对应，恰如二湘、二司命及河伯、山鬼诸篇有对应关系。

河　伯

【原文】

与女游兮九河①，冲风②起兮横波③。

乘水车兮荷盖，驾两龙兮骖螭④。

登昆仑兮四望，心飞扬兮浩荡。

日将暮兮怅忘归，惟极浦⑤兮寤怀⑥。

鱼鳞屋兮龙堂，紫贝阙兮朱宫，

灵⑦何为兮水中？乘白鼋⑧兮逐⑨文鱼⑩，

与女游兮河之渚，流澌⑪纷兮将来下。

子交手⑫兮东行，送美人⑬兮南浦⑭。

波滔滔兮来迎，鱼隣隣⑮兮媵⑯予。

【注释】

①九河：黄河下游河道的总名，泛指黄河。传说黄河到兖州即分九道，故称九河。

②冲风：隧风，大风。

③横波：聚起波浪，扬波。

④骖（cān）螭（chī）：四匹马拉车时两旁的马叫"骖"。螭，《说文解字》："若龙而黄，北方谓之地蝼。""或曰无角曰螭。"据文意当指后者，"骖螭"即以螭为骖了。

⑤极浦：水边尽头。

⑥寤（wù）怀：寤寐怀想，形容思念之极。

⑦灵：神灵，这里指河伯。

⑧鼋（yuán）：一种大鳖。

⑨逐：追随，跟从。

⑩文鱼：有斑纹的鲤鱼。

⑪流澌（sī）：古代词语，意思是流水。《楚辞·七谏·沉江》"赴湘沅之流澌兮"等可证。

⑫交手：古人将分别，则执手表示不忍分离。

⑬美人：指河伯。

⑭南浦：向阳的岸边。

⑮隣（lín）隣：一本作"鳞鳞"，如鱼鳞般密集排列的样子。

⑯媵（yìng）：原指随嫁或陪嫁的人，这里指护送陪伴。

【译文】

我和河伯你游览九河，大风吹动河面掀起波浪。

随你乘着荷叶作盖的水车，以双龙为驾螭龙套在两旁。

登上河源昆仑向四处张望，心绪随着浩荡的黄河飞扬。

但恨天色已晚而忘了归去，唯河水尽处令我寤寐怀想。

鱼鳞盖屋顶堂上画着蛟龙，紫贝砌城阙朱红涂满室宫，

河伯你为什么住在这水中？乘着大白鳖呀鲤鱼跟随身旁，

随河伯你一起游弋在河上，浩浩河水缓缓地往东流淌。

你握手道别将要远行东方，我把你送到这南方河边。

波浪滔滔而来迎接河伯，为我护驾道别的鱼儿排列成行。

在神话中，河伯即黄河之神冯夷。黄河虽不流经楚国，但楚国王室来自北方，河伯的祭典应是祖传的礼仪，因此楚国有祭祀黄河的传统。这段记载中，河神仅被称为河，与甲骨文中的称呼一致。河伯一名，大概是战国时期才流行起来。本篇采用了楚国风俗中人神恋爱的模式，描写了河伯爱情生活的一个片段，与其相恋的女子当也是负责祭典的女灵巫。她乘水车与河伯在九河遨游，登昆仑驶向黄河源头，继而入龙宫，游河渚。这个过程中女灵巫提出一些她无法想象的问题，河伯对这些稚气未除的问题一一作答。河伯本是暴怒和力量的象征，但在女灵巫面前，他的形象却富有温情，性格爽朗而心思细腻，安闲而有余裕，与其他典籍中蛮横自大的形象大相径庭。

山 鬼①

【原文】

若有人②兮山之阿③，被④薜荔兮带女罗⑤。

既含睇⑥兮又宜笑，子⑦慕予兮善窈（yǎo）窕（tiǎo）。

乘赤豹⑧兮从文狸⑨，辛夷车兮结桂旗。

被石兰兮带杜衡，折芳馨兮遗所思。

余处幽篁⑩兮终不见天，路险难兮独后来。

表独立⑪兮山之上，云容容⑫兮而在下。

杳冥冥⑬兮羌昼晦，东风飘兮神灵⑭雨。

留灵修⑮兮憺⑯忘归，岁既晏⑰兮孰华予。

采三秀^⑱兮于山间，石磊磊^⑲兮葛蔓蔓。

怨公子兮怅忘归，君思我兮不得闲。

山中人^⑳兮芳杜若^㉑，饮石泉兮荫松柏。

君思我兮然疑^㉒作^㉓，

雷填填兮雨冥冥，猨（yuán）啾（jiū）啾兮又^㉔夜鸣。

风飒飒兮木萧萧，思公子兮徒离忧^㉕。

【注释】

① 山鬼：指山神。

② 若有人：仿佛像人，指山鬼。

③ 山之阿：山的曲角，指山野深处。

④ 被：通"披"。

⑤ 带女罗：以女罗为衣带。罗，一作萝；女萝，也叫菟丝，一种爬蔓寄生植物。

⑥ 含睇（dì）：含情脉脉地看着对方。

⑦ 子：山鬼对所爱慕男子的称呼。

⑧ 赤豹：皮毛有黑花纹的豹。

⑨ 文狸：带花纹的狸，是狐类动物。

⑩ 幽篁（huáng）：竹林的深处。

⑪ 表独立：卓然特立。

⑫ 容容：通"溶溶"。

⑬ 杳（yǎo）冥冥：阴暗。

⑭ 神灵：指雨神。

⑮ 灵修：山鬼对情人的尊称。

⑯ 憺：稳定。

⑰ 岁既晏：指上岁数的老者。

⑱ 三秀：芝草的另一种叫法，植物出穗叫秀，芝草一年要开花三次，

结穗三次，因此叫"三秀"。

⑲磊磊：乱石聚集的样子。

⑳山中人：山鬼自称。

㉑芳杜若：芳如杜若。

㉒疑：猜忌。

㉓作：起，产生。

㉔又：当作"狖（yòu）"，长尾猿。

㉕离忧：忧愁。

【译文】

好像有人在那山谷经过，　是我身披薜荔腰束女萝。
含情注视微笑多么优美，　你会美慕我的姿态婀娜。
驾乘赤豹后面跟着花狸，　辛夷木车桂花扎起彩旗。
是我身披石兰腰束杜衡，　折枝鲜花赠你聊表相思。
我在幽深竹林不见天日，　道路艰险难行我姗姗来迟。
孤身伫立在高高的山巅，　云雾溶溶脚下浮动舒卷。
白昼昏昏暗暗如同黑夜，　东风飘旋神灵降下雨点。
等待公子怡然忘却归去，　年华渐老谁赐我如花娇颜？
在山间采摘益寿的芝草，　岩石磊磊葛藤四处盘绕。
抱怨公子怅然忘却归去，　你若是想我难道没空来到。
山中人儿芬芳就像杜若，　饮石泉水松柏遮头。
你是否想我呀心中信疑交错，
雷声滚滚雨势冥冥蒙蒙，　猿鸣啾啾穿透夜幕沉沉。
风吹飕飕落叶萧萧坠落，　思念公子徒然烦恼横生。

点名师评

《山鬼》祭祀的是一位山中女性精灵，全篇以山鬼约会过程中的心理活动为主线，塑造出一位温柔多情而又遗恨绵绵的女性形象。山鬼约会的恋人是谁，自古并无记载。通篇为山鬼的独白，"情节叙述从其赴约备礼、久候不果、采芝荫柏直到独立雨夜，心理描摹则由羞涩兴奋、 惶恐焦灼、心有不甘、百无聊赖直到彻底绝望，情景交融，环环相扣，流畅之中富于波磔"（陈炜舜导读《楚辞》），抒发了山鬼与思慕的人相约却未见的哀怨之情。其中景物描写与人物心理的刻画可谓珠联璧合、相得益彰。文中塑造的这位女精灵，温柔婉丽，不以神力凌人，甚至恐惧自己衰老，故与其他法力无边而威严逼人的神祇有极大区别。

国 殇①

【原文】

操吴戈②兮被犀甲③，车错毂④兮短兵⑤接。

旌蔽日兮敌若云，矢交坠兮士争先。

凌⑥余阵兮躐⑦余行，左骖（cān）殪⑧兮右刃伤⑨。

霾⑩两轮兮絷⑪四马，援⑫玉枹⑬兮击鸣鼓。

天时坠⑭兮威灵⑮怒，严杀⑯尽兮弃原野⑰。

出不入兮往不反，平原忽兮路超远。

带长剑兮挟秦弓，首身离兮心不惩。

诚既勇兮又以武，终刚强兮不可凌⑱。

扫码看视频

身既死兮神以灵⑲，**子魂魄兮为鬼雄。**

【注释】

① 国殇（shāng）：为国家战死的战士。在战争中阵亡的青年，他们为国而死，国家是他们的祭主，因此称作国殇。这是一篇楚人祭祀为国牺牲的战士的歌曲。

② 吴戈：比喻武器精良。吴地冶炼技术发达，出产的戈尤其锋利。

③ 犀（xī）甲：用犀牛皮做的铠甲。

④ 毂（gǔ）：车轮的轴。

⑤ 短兵：近距离使用的作战兵器。

⑥ 凌：侵犯。

⑦ 躐（liè）：踩躏，踩踏。

⑧ 殪（yì）：死。

⑨ 右刃伤：右边的骖马被刀砍伤。

⑩ 霾（mái）：通"埋"。

⑪ 絷（zhí）：缠住、绊住。

⑫ 援：拿着，拎起。

⑬ 枹（fú）：通"桴"，敲鼓用的槌子。

⑭ 坠：怼，怨恨。

⑮ 威灵：有法力的神灵。

⑯ 严杀：残酷杀戮。

⑰ 野：古代读作"暑"，与怒字押韵。

⑱ 不可凌：志不可得。

⑲ 神以灵：指死后有知，灵魂尚在。神，指精神。

【译文】

手拿着长戈，身穿着铠甲，
战车轮毂交错，短兵器相拼杀。
旌旗遮日，敌兵多如麻，
箭矢交互坠落，战士冲向前。
敌侵我阵地，践踏我队形，
驾辕左马死，右马又受伤。
战车两轮陷，战马被羁绊，
战士举鼓槌，击鼓声震天。
上天怨恨，众神皆愤怒，
战士被残酷杀戮，尸体弃荒原。
英雄们此去，就没打算再回还，
原野空茫茫，路途太遥远。
佩戴着长剑，夹持着秦弓，
即使身首已分离，忠心也永不变。
战士真勇敢，武力又威猛，
始终刚强不屈，士气不可侵。
将士身虽死，精神永世存，
你们的魂魄在，鬼中称英雄。

《国殇》是楚人对为国牺牲战士的祭歌。本篇从两军激战的惨烈场面开始描绘，依次刻画了楚国战士的英勇刚强，同时也以钦佩敬仰之情对战死沙场的英雄灵魂给予礼赞，以此激励民众，实现退敌保国的愿望。本篇采用的直赋其事的手法具有很高的艺术价值。另外，文章后半段对卫国精神的抒情极其动人，对后世边塞诗的抒情特质产生了很大影响。

《国殇》不同于《九歌》其他篇章哀男怨女绮靡纤细地缠绕，是其中唯一一曲铿锵高昂、深沉凛冽足以悲泣鬼神之歌，至今让人动容。

礼 魂①

【原文】

成礼②兮会鼓，传芭③兮代舞，姱女④倡⑤兮容与⑥。
春兰兮秋菊⑦，长无绝兮终古⑧。

【注释】

①礼魂：送神曲。

②成礼：指祭礼结束。

③芭（pā）：通"葩"，刚开的鲜花。

④姱女：漂亮的女子。

⑤倡：读作"唱"，与唱同义。

⑥容与：表情安详、从容。

⑦春兰兮秋菊：此处用兰与菊代表时序的变化。

⑧终古：永远。这两句是写每年的春秋二季，兰、菊开花时，永远不忘记来祭祀。

【译文】

典礼已结束，鼓声齐奏，传递着手中的花，轮流跳着舞，美丽的女子唱得从容自如。

春天供以兰秋天又供以菊，长此以往不断绝直到终古。

《礼魂》是《九歌》的最后一篇，是通用于前面十篇祭祀各神之后的送神曲，是宗教祭典结束时表示欢庆的特定仪式。本篇仅有五句，却大小、急缓、今古对比生动，描绘出热烈隆重的送神场面。"从宏观的祭礼空间，缩小至微观的花朵，再扩展至宏观的历史时空，更令读者有收放自如、尺幅千里之叹。"（陈炜舜导读《楚辞》，清人王远曰："无绝终古，言魂得长享之也。屈子盖忧楚之不祀，而致意于篇终如此。"

一开始点出"成礼"，使其和《九歌》各篇发生了联系。另外，许多地方与《九歌》首篇《东皇太一》遥相呼应，如前者"会鼓"与后者"扬枹兮拊鼓"、前者"传芭"与后者"灵偃蹇兮姣服"等。

"这是盛大的节日，人与神的相诉。这是人在生活中开辟的一个特殊空间，以此滋养精神，增加希望，获得勇气和信心。

在礼尽曲终之时，我们仿佛看到被祭祀的诸神带着满意的微笑飘飘离去。他们会记住这场盛筵，记住欢迎和款待，并且从此不再忘记：他们的世界和人的世界不可分割。原来人神交替，互通有无，这才组成了宇宙。

从威厉的神到多情的神，从惨死的人到悲苦的人，这就是人生万象。与神沟通，与鬼沟通，给祭祀者一个永远的警示：生活中有无处不在的鬼神大睁双目。他们在目击，在注视。你不要忘记，不要忘记修饰，不要忽略内美，山川大地，天上人间，都有眼睛。

这是一种参与，更是一种关怀和监督。失去了这一切，才真正寂寞可怕。"（张炜《楚辞笔记》）

延伸/阅读

湘君与湘夫人的传说

相传，上古时期，帝尧有两个女儿，长女名叫娥皇，次女名叫女英。姐妹二人都有倾国倾城之貌，且又都具有后妃之德。帝尧晚年时期，打算选有德行的虞舜作为自己的继任者，于是把两个女儿嫁给虞舜，并把自己的位置禅让给了虞舜。

后来，南方的"三苗"部族发动叛乱，帝舜亲率大军南征，一路势如破竹。大军行进到湘水之滨的苍梧，帝舜突发疾病驾崩，被葬在九嶷山。娥皇、女英久不见丈夫归来，赶到湘水附近的洞庭湖滨，得知这一消息，不禁失声痛哭，一直哭得两眼流出血泪来。最后，姐妹二人因无法承受丧夫之痛，投湘水而死。

人们为了纪念娥皇、女英，就在湘水旁建造了一座庙宇，名为黄陵庙。后来，帝舜就化为了湘水男神，即湘君，而娥皇、女英则化为了湘水女神，即湘夫人。

学海/拾贝

- ☆ 蹇将憺兮寿宫，与日月兮齐光。
- ☆ 美要眇兮宜修，沛吾乘兮桂舟。
- ☆ 帝子降兮北渚，目眇眇兮愁予。
- ☆ 悲莫悲兮生别离，乐莫乐兮新相知。
- ☆ 青云衣兮白霓裳，举长矢兮射天狼。
- ☆ 子交手兮东行，送美人兮南浦。
- ☆ 被石兰兮带杜衡，折芳馨兮遗所思。
- ☆ 诚既勇兮又以武，终刚强兮不可凌。
- ☆ 春兰兮秋菊，长无绝兮终古。

天 问

名师导读

　　《天问》是屈原作品中的第二首长诗，全诗共374句，172个问题，1500余字。分别问天上事、地上事和人间事许多不可解处，明人周用谓"《天问》是因先以天为问，故以命篇，非以通篇为问天也。"整体看，天上、地下许多不可解之事的发问主要铺垫了人间事的发问，后者篇幅也远较前两段为巨，故清人林云铭以为此篇"以三代之兴亡作骨"。其句式基本以四言为主，全篇不用"兮"字，参差错落，婉转灵活，为屈原对中国诗歌的又一贡献。

【原文】

　　　曰：遂古①之初，谁传道②之？
　　　上下未形，何由考之？
　　　冥③昭④瞢⑤暗，谁能极⑥之？
　　　冯翼⑦惟像⑧，何以识之？
　　　明明暗暗⑨，惟⑩时⑪何为⑫？
　　　阴阳⑬三合⑭，何本⑮何化⑯？

扫码看视频

【注释】

　　①遂古：远古。

②传道：相传。

③冥：昏暗。

④昭：当是"忽"的错字。刘盼遂先生《天问校笺》说："此昭字自属吻之误字。吻，《说文》尚冥也，与昧古通用。"

⑤瞢（méng）：暗。"冥昭瞢暗"全都是暗昧的意思。这四个字是并列词，全是形容混沌没开时的景象。

⑥极：穷究。

⑦冯翼：《淮南子·天文训》："天地未形，冯冯翼翼。"《广雅·释训》："冯冯翼翼，元气也。"冯，通"凭"。翼，大气弥漫的样子。

⑧惟像：无形。

⑨明明暗暗：白天光明夜晚黑暗。明，指白天。暗，指黑夜。

⑩惟：彼。

⑪时：戴震《屈原赋注》："时，是也。"

⑫何为：那是为何？

⑬阴阳：阴气与阳气。

⑭三合：三，读作"参"。参错交合。

⑮本：根源。

⑯化：变化。

【译文】

请问：远古初始的情况，是谁流传导引的？

天地尚未成形之前，又从哪里得以探究？

明暗不分混沌一片，谁能探究根本原因？

迷迷蒙蒙这种现象，怎么识别将它认清？

白天光明夜晚黑暗，它究竟为什么这样？

阴阳参合而生宇宙，哪是本体哪是演变？

【原文】

圜^①则九重^②，孰营^③度之？

惟兹^④何功^⑤，孰初作之？

斡^⑥维^⑦焉系？天极^⑧焉加？

八柱^⑨何当^⑩？东南何亏^⑪？

九天^⑫之际，安放安属^⑬？

隅（yú）隈^⑭多有，谁知其数？

【注释】

①圜（yuán）：通"圆"，指天，前人错认为天是圆形的。

②九重：九层，《淮南子·天文训》："天有九重。"

③营：古时通"环"，刘盼遂先生《天问校笺》说："营，古和环通矣。天圜而九重，故须环回以度之。"

④兹：此。

⑤功：通"工"。

⑥斡（wò）：杓柄。《说文·斗部》："斡，蠡柄也。"是北斗七星之柄。

⑦维：指星名，《汉书·天文志》："斗柄后有三星，名曰维星。"

⑧天极：天的中央。《论衡·说日》引邹衍说云："天极为天中。"指北辰五星，指天的最高点。

⑨八柱：撑着天的八座山。古代相传有八座山是擎天柱。

⑩何当：何在。

⑪亏：残缺，指东南方地势低洼。

⑫九天：指天的中央和八方。《淮南子·天文训》记载，中央曰钧天，东方曰苍天，东北曰变天，北方曰玄天，西北曰幽天，西方曰颢天，西南曰朱天，南方曰炎天，东南曰阳天。《太玄经》云："九

天谓一为中天，二为羡天，三为从天，四为更天，五为睟天，六为廓天，七为减天，八为沈天，九为成天。"

⑬属：联接。

⑭隈（wēi）：弯曲的地方。《淮南子·天文训》："天有九野，九千九百九十九隈。"

【译文】

天的体制传为九重，有谁曾去环绕量度？

这是多么大的工程，是谁开始把它建筑？

天体轴绳系在哪里？天的顶点设在哪里？

八柱撑天立在何方？东南为何缺损不齐？

四面八方的九天边际，抵达何处联接何方？

天边究竟有多少角落弯曲的地方，又有谁能知道它的数目？

【原文】

天何所沓①？十二②焉分？

日月安属③？列星安陈④？

出自汤谷⑤，次⑥于蒙⑦汜（sì）。

自明及晦，所行几里？

夜光⑧何德⑨，死则又育⑩？

厥⑪利维何，而顾菟⑫在腹？

【注释】

①沓：交会。古代相传天是铺在地上的，因此与地有交会的地方。

②十二：指十二辰，这是古代的天文学家观察岁星(木星)而设立的。

③属：连接。

④陈：陈列。

⑤汤（yáng）谷：古代神话中太阳升起的地方。

⑥次：住宿。

⑦蒙：水的名。

⑧夜光：月亮别名。

⑨何德：何德于天。

⑩育：生。《孙子·虚实》："月有死生。"

⑪厥：通"其"。

⑫顾菟（tù）：菟，即兔。月亮中的兔子的名，见毛奇龄《天问补注》。刘盼遂先生《天问校笺》谓"顾菟叠韵联绵字"，是专名词，并不是顾望之兔。

【译文】

天在哪里与地交会？黄道怎样划分十二区？

日月天体如何连属？众星在天如何陈置？

太阳是从汤谷出来，止宿则在蒙汜之地。

从天亮直到天黑，所走之路究竟几里？

月亮有着什么德行，竟能死而重生？

月中黑影那是何物，是否兔子腹中藏身？

【原文】

女岐①无合②，夫焉取九子？

伯强③何处？惠气④安在？

何阖⑤而晦？何开而明？

角宿⑥**未旦**⑦，**曜灵**⑧**安藏？**

【注释】

①女岐（qí）：本是指尾星名，《史记·天官书》："尾有九子。"因此又称九子星。以后就演变成九子母的神话。《汉书·成帝纪》："甲观画堂。"颜师古注引应劭曰："画堂画九子母，或云即女岐也。"

②合：相配。

③伯强：疠鬼，所至伤人。一说禺强，是北方的神名，《庄子·大宗师》："禺强得之，立乎北极。"《淮南子·地形训》说："禺强，不周风之所生也。"因此周拱辰《天问别注》推断为风神。闻一多《天问释天》说："上言女岐，指尾星；则下言伯强似当指箕星。"尾九星、箕四星，二者距离很近，因此古代常有连称。箕星主风。《汉书·天文志》："箕星为风，东北之风也。"是箕星为风伯神，应该是伯强。因此，闻一多说："伯强为风伯，禺强亦为风伯，是伯强禺强，名异而实同也。"

④惠气：惠风。

⑤阖（hé）：关上门。

⑥角宿：星座的名，二十八宿之一，有星两颗。古时相传，角宿两星之间是天门，日月五星都要经过此地。《晋书·天文志》："角二星，为天关，其间天门也，其内天庭也。故黄道经其中，七曜之所行。"

⑦旦：明。

⑧曜（yào）灵：指太阳。

【译文】

神女没有配偶，为什么会生下九子呢？

风神伯强会住在哪里呢？天地之间的瑞气又在哪儿？

为什么天门一关闭天就黑了？而为何天门一打开天就亮了？

在东方还没有光线的时候，耀眼的太阳又会躲在哪里呢？

【原文】

不任汩①鸿②，师③何以尚之？
佥④曰何忧，何不课⑤而行之？
鸱龟⑥曳衔，鲧何听焉？
顺欲⑦成功，帝何刑焉？
永遏⑧在羽山⑨，夫何三年不施⑩？
伯禹⑪愎⑫鲧，夫何以变化⑬？
纂⑭就⑮前绪⑯，遂成考功。
何续初继业，而厥⑰谋不同？
洪泉⑱极深，何以窴⑲之？
地方九则⑳，何以坟㉑之？
河海应龙㉒，何尽何历㉓？
鲧何所营？禹何所成？
康回㉔冯㉕怒，墬㉖何故以东南倾？

扫码看视频

【注释】

① 汩（gǔ）：治理。

② 鸿：通"洪"，即洪水。

③ 师：众人。

④ 佥（qiān）：皆。

⑤ 课：考察。那时尧担心鲧治不了洪水，不愿用他，所以大家都说"何必担忧，为何不考察他一下再来任用呢？"《尚书·尧典》记载，尧时洪水滔天，人们很是担心。尧找寻能治水的人。大家推荐鲧，

尧不赞同。大家说那就先试试他。尧于是用鲧治水。九年而洪水不息，以失败告终。

⑥鸱（chī）龟：旧说指鸱、龟二物。鸱，猫头鹰一类的鸟。

⑦顺欲：顺从愿望。鲧这样做也是为了治平洪水，顺从众人的愿望。一说欲是"将"的意思。

⑧遏（è）：关起来。

⑨羽山：神话传说里的山名。

⑩施：应读"弛"，释放。也许是帝尧把鲧幽关在羽山三年，而后才把他杀死。

⑪伯禹：指禹，禹曾受封为夏伯，因此叫伯禹。

⑫愎：戾，一作"腹"。

⑬变化：指改变治水的方法。

⑭纂（zuǎn）：继续。

⑮就：跟随。

⑯绪：事业。

⑰厥：其，代指禹。厥谋不一样，相传禹与鲧治水的方法不一样，鲧是筑堤以挡水，禹是疏通河道以导水。

⑱洪泉：指洪水。

⑲窴（tián）：通"填"，填塞。传说禹用息壤（自己能生长，永不减耗的土壤）填住洪水。

⑳九则：九品、九等。《尚书·禹贡》记载，禹分九州的土地为上上、上中、上下、中上、中中、中下、下上、下中、下下九等。

㉑圫：划分。

㉒应龙：有翼的龙。相传禹治洪水，有应龙用尾巴画地，画出疏导洪水的路线，禹根据它来治水，水就流为江河。

㉓历：经过。

㉔康回：指共工。

㉕冯：通"凭"，满、盛。

㉖墬（dì）：古时指"地"。古代神话，共工和颛顼争夺天帝位，怒而触不周山，天柱折，地维绝，所以天倾西北，地不满东南。

【译文】

鲧既不能胜任治水，众人为何将他推举？

都说没有什么担忧，为何不让他试试？

鸱龟相助或曳或衔，鲧有什么神圣德行可以让它相助？

按照众人的想法鲧会成功，帝尧为何对他施刑？

将鲧长久禁闭羽山，为何三年还不放他？

大禹从鲧腹中生出，治水方法有怎样变化？

禹接手先父未竟事业，终使父亲遗志成功。

继承前任遗愿，为何他的谋略却不相同？

洪水如渊深不见底，怎样才能将它填塞？

天下土地肥瘠九等，怎样才能划分明白？

应龙以尾画过何地？河海如何流通顺畅？

鲧是为什么治水失败？禹又是为什么能事成？

共工勃然大怒，东南大地为何侧倾？

【原文】

九州安错①？川谷②何洿③？

东流不溢，孰知其故？

东西南北，其修④孰多？

南北顺椭⑤，其衍⑥几何？

昆仑县圃⑦，其尻⑧安在？

增城⑨九重，其高几里？

四方之门⑩，其谁从⑪焉？

西北辟⑫启，何气⑬通焉？

【注释】

①错：置。

②川谷：河流和山谷。

③涝（wū）：低洼，深陷。

④修：长。

⑤椭：狭长。

⑥衍（yǎn）：余，余数，指差距。此句认为南北要比东西长些，它的差距是多少？

⑦县圃：在昆仑山之巅，是神话里的地名。

⑧尻（jū）：通"居"，此处意为位置、处所。

⑨增城：神话里在昆仑山县圃之上，城有九层，每层相隔万里。

⑩门：指昆仑的门。

⑪从：进出。

⑫辟：开。

⑬气：同上文所谓"惠气"之气，也就是风。

【译文】

九州如何安置？河流和山谷怎么这样深？

百川东流的水总是装不满，谁清楚这是怎么回事呢？

大地东西南北四方土地的距离，到底是哪边更长？

朝着南北看过去地形比较狭长，它比东西要长多少呢？

昆仑山上巍峨的县圃，它究竟坐落在哪里？

在昆仑山中的九重增城，它到底有多高？

昆仑山上四周的大门，究竟是什么东西从此出入？

敞开昆仑山西北两侧的大门，究竟是什么样的风从此穿过？

【原文】

日安不到，烛龙①何照？

羲和②之未扬③，若华④何光？

何所冬暖？何所夏寒？

【注释】

①烛龙：神话中的神龙。洪兴祖《楚辞补注》："《山海经》云，钟山之神，名曰烛阴，视为昼，暝为夜，吹为冬，呼为夏，不食不饮，不息不喘，身长千里，蛇身人面，赤色。注曰，即烛龙也。"

②羲和：太阳神。

③扬：扬鞭。

④若华：若木的花。若木，相传神话里的树，长在昆仑山之西，它的花放红光，能下照大地。

【译文】

太阳是否有照不到的地方？那烛龙所照是什么地方？

太阳神羲和还没有把马鞭扬起，那若木之花怎么就发光了？

究竟是什么地方冬天还这么温暖？那夏日寒冷的地方又是哪里？

【原文】

焉有石林①？何兽能言②？

焉有虬③龙，负熊以游？

雄虺④九首，倏（shū）忽焉在？

何所不死⑤？长人何守⑥？

靡萍⑦九衢⑧，枲（xǐ）华安居？

一蛇吞象⑨，厥大何如？

黑水⑩玄趾⑪，三危⑫安在？

延年不死，寿何所止？

鲮鱼⑬何所？鬿堆⑭焉处？

羿⑮焉彃（bì）日？乌焉解羽⑯？

【注释】

①石林：古时相传，西南有石树成林。

②兽能言：古时相传，有会人语的野兽。王逸《楚辞章句》引《礼记》云："猩猩能言，不离禽兽也。"

③虬（qiú）：古时相传有独角的龙。

④虺（huǐ）：毒蛇。

⑤不死：指长生不老。《山海经·海外南经》："不死民在其（指交胫国）东，其为黑色，寿，不死。"

⑥守：守卫。古时相传夏禹时诸侯防风氏身长三丈，守封嵎（yú）二山（见《国语·鲁语》）。

⑦靡萍（píng）：一种奇特的萍草。靡生花与麻花相似，因此称作"麻"，音转而成"靡"。

⑧九衢（qú）：指分枝众多。衢，分叉。

⑨蛇吞象：洪兴祖《楚辞补注》引《山海经》云："南海内有巴蛇，身长百寻，其色青黄赤黑，食象，三岁而出其骨。"

⑩黑水：水的名字。

⑪玄趾（zhǐ）：王逸注为山的名字，不知何据。玄，疑为"交"字之讹，"玄""交"小篆字形相似。故疑为交趾。

⑫三危：地名。《尚书·禹贡》："导黑水，至于三危，入于南海。"

⑬鲮（líng）鱼：一种奇特的鱼。洪兴祖《楚辞补注》引《山海经·海内北经》云："西海中，近列姑射山，有鲮鱼，人面人手鱼身，见则风涛起。"

⑭魾（qí）堆：奇兽。魾，音"祈"。

⑮羿：帝喾时人名，善射。《山海经·大荒东经》《淮南子·本经训》等书记载，帝喾时天上现十个太阳，每个太阳里有一个乌鸦，把草木都晒死了。帝喾让羿射下九个太阳，九个太阳里的乌鸦也都被射死了，只剩下一个太阳。

⑯解羽：羽毛掉落。指鸟死。

【译文】

哪儿又有岩石成林？什么野兽会发人言？

哪儿有着虬龙，背负黑熊游戏从容？

九个头颅的毒蛇，来去迅捷生在何处？

不死之国哪里可找？长寿之人持何神术？

萍草蔓延根茎盘错，枲麻长在哪儿开花？

一条蛇吞下大象，它的身子又有多大？

黑水之地交趾之民，还有三危都在哪里？

延年益寿得以不死，不死国人究竟要活到何时？

传说中的鲮鱼生于何方？怪鸟魾堆长在哪里？

后羿怎样射下九日？日中之乌又为什么会死？

【原文】

禹之力献功①，降②省下土四方，

焉得彼涂山③女，而通④之于台桑⑤？

闵⑥妃⑦匹合⑧，厥身是继⑨，

胡维嗜不同味，而快⑩朁⑪饱？

【注释】

①力献功：勤力进献才能。

②降：下。

③涂山：古代的国名。

④通：相会。

⑤台桑：地名。

⑥闵（mǐn）：忧。

⑦妃：对象。

⑧匹合：结婚。指忧虑没有配偶而在路上结婚。

⑨身是继：继身，为自己生子嗣。

⑩快：满足。

⑪朁（zhāo）：通"朝"，指时间很短。

【译文】

大禹尽全力治水，他还亲自察看各地的情况，

怎么突然碰上涂山国的女子，和她相识在台桑？

大禹与涂山女子结了婚，还和涂山女子生了儿子。

他与涂山女子种族不一样，为何还会贪图一时的欢畅？

【原文】

启①代益②作后③，卒然④离孽⑤。

何启惟⑥忧，而能拘是达⑦？

皆⑧归射鞠（jū），而无害厥躬⑨。

何后益作革⑩，而禹播降⑪？

【注释】

①启：禹的儿子。

②益：禹的大臣。

③后：君王。启代益做君王，指禹曾传位给益，启手下的人帮助启杀死益夺得天下的事。

④卒（cù）然：忽然。

⑤离孽（niè）：遭忧。对启遭遇忧患的事，每家说法都不一样，刘盼遂先生认为"启既代益作后，卒乃遭不幸之事，而强族有篡夺之行也"（《天问校笺》）。

⑥惟：读作"罹"，刘盼遂先生《天问校笺》："惟乃罹之借，惟忧犹离孽也。"

⑦能拘是达：达，逃脱。王夫之《楚辞通释》云："《竹书纪年》载益代禹立，拘启禁之，启反起杀益以承禹祀。"

⑧皆：指益和禹。

⑨无害厥躬：他们自身没有什么恶劣的行为。

⑩作革：权力变更。作，通"祚"。刘盼遂先生《天问校笺》："'作'读为'祚'，声相同也。"

⑪播降：种下，这里指禹的后世流传无穷。

【译文】

启想替代益当国君，却突然遇上了灾祸。

为什么启会遭受忧患，又为何能从拘囚中逃出？

益的手下对启交出了武器，因此没有伤害启的性命。

为什么伯益会失败，而禹的后代却繁荣昌盛？

【原文】

启棘^①宾商^②，《九辩》《九歌》。

何勤子屠母^③，而死分竟地？

【注释】

①棘：急。

②宾商：做天帝的客人。宾，客，用作动词。商，朱骏声《说文通训定声》认为是"帝"的错字。

③勤子屠母：此指剖母腹生启。勤子，贤子，指启。

【译文】

夏启急忙朝见天帝，把拿到的《九辩》与《九歌》曲子带回地上。

为什么启这样贤良勤勉的儿子会害死母亲，让母亲尸骨洒落遍地？

【原文】

帝^①降夷羿^②，革孽夏民^③。

胡躲（shè）夫河伯，而妻彼雒嫔^④？

冯珧^⑤利决^⑥，封豨^⑦是躲。

何献蒸肉^⑧之膏，而后帝不若^⑨？

浞^⑩娶纯狐^⑪，眩妻^⑫爰（yuán）谋。

何羿之躲革⑬，而交吞揆⑭之？

【注释】

①帝：指天帝。

②夷羿：舜时诸侯，擅长射箭，因是东夷族的头领，因此称夷羿。

③革孽夏民：当为革夏民之孽。按《山海经·海内经》云："帝俊（指舜）赐羿彤弓素矰（zēng），以扶下国。"革，改变。孽，忧患。

④雒（luò）嫔（pín）：伏羲氏的女儿，河伯的夫人。

⑤冯（píng）珧（yáo）：依靠弓。冯，通"凭"，恃、依靠。珧，用贝壳装点两边的弓。《孙子》："羿得宝弓犀质玉文曰珧弧。"

⑥决：用象骨制的套在右手大拇指上拉弦发箭的工具。

⑦封豨（xī）：大野猪。

⑧蒸肉：祭祀的肉。

⑨不若：不以为然。若，依顺。

⑩浞（zhuó）：指寒浞。

⑪纯狐：指纯狐氏女儿。

⑫眩妻：指玄妻，纯狐氏女儿的名字，羿伯的夫人。

⑬革：相传羿能射透七层皮革。

⑭吞揆（kuí）：吞灭。按《左传·襄公四年》记载："寒浞，伯明氏之谗子弟也。伯明后寒弃之，夷羿收之，信而使之，以为己相。浞行媚于内而施赂于外，愚弄其民。"以上四句讲的就是这段史实，寒浞和纯狐眩妻策划，即"媚于内"。

【译文】

天帝派羿来到人间，为夏民消除忧患。

羿为什么又箭射河伯，强占了他的妻子雒嫔？

羿拿着强弓利器，把那肥美的大野猪射死。

为什么用蒸得肥美的肉祭祀，天帝心中还是不高兴？

寒浞要娶羿得夫人纯狐，美丽的纯狐与他合伙给羿设下毒计。

为什么羿能射穿皮甲，还被人算计遭到消灭呢？

【原文】

阻穷①西征，岩何越焉？

化为黄熊，巫何活焉？

咸播秬②黍，莆③藋④是营⑤。

何由并投⑥，而鲧疾⑦修盈⑧？

【注释】

①阻穷：形容道路的艰险。这两句是讲尧放逐鲧到羽山的事。王逸《楚辞章句》："言尧放鲧羽山，而西行度越岑岩之险，因坠死也。"羽山在今山东蓬莱东南三十里。尧的行政中心位于中原地区，从所在地放逐鲧到羽山的"西征"，应该是自西往东走（见洪兴祖《楚辞补注》）。

②秬（jù）：黑黍。

③莆（pú）：水生的植物。

④藋（huán）：芦苇类的植物。

⑤营：经营、耕作。

⑥并投：一起流放。

⑦疾：恶。

⑧修盈：指鲧罪恶多端。

【译文】

西行之路遇阻受困，山岩重重险阻怎么才能越过？

鲧的身子变成黄熊进入羽山深处，巫师怎么才能把他救活？

鲧教会了大家怎么种黑黍，芦苇水滩也已经被清除。

为什么鲧和驩兜、三苗一起被放逐，难道他的罪行就不容宽恕？

【原文】

白蜺①婴②茀③，胡为此堂④？

安得夫良药，不能固臧⑤？

天式⑥从横⑦，阳离⑧爰死。

大鸟⑨何鸣，夫焉丧厥体？

【注释】

①蜺（ní）：通"霓"，大气中有时与虹同时出现的一种光的现象，颜色比较淡。

②婴：缠绕。

③茀（fú）：逶迤曲折的云。

④堂：屈原见到楚国公卿的祠堂。

⑤不能固臧（cáng）：指王子侨被杀之事。臧，通"藏"，保存。王逸《楚辞章句》引《列仙传》云："崔文子学仙于王子侨。子侨曾化为白蜺，持药与崔文子。文子惊怪，引戈击中白蜺，药堕地，乃子侨之尸。"

⑥天式：自然的规则。

⑦从（zòng）横：指阴阳消长之道。

⑧阳离：指阳气离开了躯体。阴阳消长是自然的规则，阳气一离

开躯体，人就要死。

⑨大鸟：指王子侨尸体变成的鸟。王逸《楚辞章句》引《列仙传》云：
"崔文子取王子侨之尸，置之室中，覆之以弊筐，须臾则化为大鸟而鸣，
开而视之，翻飞而去。文子焉能亡子侨之身乎？言仙人之不可杀也。"

【译文】

那云气围绕着的白霓，为什么会在崔文子的堂上？

王子侨从哪里弄到的不死神药，为什么却不能长久地珍藏？

自然界的规律是有纵有横的，阳气离开身体就会死亡。

王子侨死后怎么变成大鸟还会鸣叫，为什么他竟会失去原来的身
体？

【原文】

萍①号②起雨③，何以兴④之？

撰体协胁⑤，鹿⑥何膺⑦之？

鳌⑧戴山抃⑨，何以安之？

释⑩舟陵行⑪，何以迁之？

【注释】

①萍（píng）：雨师，就是雨神。洪兴祖《楚辞补注》引《山海经》：
"萍翳在海东，时人谓之雨师。"

②号：呼。

③起雨：作雨。

④兴：起。

⑤撰体协胁：谓风神性格柔顺。撰，有柔顺的意思。协，合，同有"柔"

的意思。胁，身体两边有肋骨的地方。

⑥鹿：指飞廉，风神。丁晏《天问笺》引《三辅黄图》："飞廉鹿身雀头有角，蛇尾豹文，能致风号呼也。"

⑦膺（yīng）：通"应"，响应。

⑧鳌（áo）：海里的大龟。

⑨抃（biàn）：拍手，这里是四肢划动的意思。

⑩释：放置。

⑪陵行：在陆地上行走。《列子·汤问》记载：龙伯国有个巨人，一下子钓起了六鳌，把它们全都背了回去。

【译文】

雨师萍翳管下雨的事，那么雨怎样才能兴起呢？

风伯性情柔顺，怎么会影响雨师兴雨？

巨龟背着神山四足游移，神山怎么能安稳不动呢？

巨人把船放在陆地行走，怎样才能牵引船呢？

【原文】

惟浇①在户，何求于嫂？

何少康②逐犬，而颠陨厥首③？

女歧④缝裳，而馆同爰止⑤，

何颠易厥首，而亲以逢殆⑥？

【注释】

①浇：寒浞的儿子，传说他气力很大而且残忍。王逸《楚辞章句》："言浇无义，淫佚其嫂，往至其户，佯有所求，因与行淫乱也。"

②少康：夏朝君王相的儿子。

③厥首：指浇的脑袋。少康的父亲相被浇杀害，后来少康袭杀浇。此与《离骚》"浇身被服强圉兮，纵欲而不忍。日康娱而自忘兮，厥首用夫颠陨"意思一样。

④女歧：浇的嫂子。

⑤止：止宿。

⑥殆：危。王逸《楚辞章句》："言少康夜袭，得女歧头，以为浇，因断之，故言易首，遇危殆也。"

【译文】

寒浇来到他嫂子家里，他对嫂子有什么样的要求呢？

为什么少康打猎时驱逐猎狗，就将寒浇的头砍下？

寒浇的嫂子女歧给浇缝补衣服，晚上同浇住在一个房间，

少康错砍了女歧的头，为何浇淫秽却是亲近之人被杀？

【原文】

汤谋易旅①，何以厚之？
覆舟斟寻②，何道取之？

【注释】

①汤谋易旅：汤一作"康"，指少康。易，治。旅，泛指军队。

②斟寻：古代的国名。

【译文】

少康筹划该怎么去整顿手下，他是怎么样让队伍的力量壮大的？

寒浇既然能讨伐消灭斟寻，少康用什么方法胜了他？

【原文】

桀伐蒙山①，何所得焉？

妹（mò）嬉（xǐ）何肆②，汤何殛③焉？

舜闵④在家，父⑤何以鳏（guān）？

尧不姚告⑥，二女⑦何亲？

【注释】

①蒙山：古代的国名。《太平御览》卷一三五引《国语》记载：桀伐蒙山，得到美女妹嬉。

②肆：放荡。

③殛（jí）：诛罚。妹嬉何肆的"何"，当训为不。《烈女传·夏桀妹喜传》记载：汤消灭夏，桀与妹嬉都被流放到南巢而死。

④闵：痛苦，忧愁。

⑤父：舜父瞽（gǔ）叟。闻一多《楚辞校补》："父当为夫，二字形声并近，故相涉而误。"

⑥不姚告：不告知舜的父亲。

⑦二女：指尧的两个女儿娥皇、女英。《孟子·万章》："帝（指尧）之妻舜而不告，何也？曰：帝亦知告焉则不得妻也。"

【译文】

夏桀出兵讨伐蒙山，所得之物又是什么？

妹嬉怎样恣肆淫虐？商汤怎样将桀诛杀？

舜在家里非常仁孝，父亲为何让他独身？

尧不告诉舜的父母，二妃如何与舜成亲？

【原文】

厥萌在初，何^①所亿^②焉？
璜^③台十成^④，谁所极^⑤焉？
登立为帝，孰道^⑥尚^⑦之？
女娲^⑧有体^⑨，孰制匠之？

【注释】

①何：闻一多《楚辞校补》认为"何当为难"，同下文"谁所极焉"语意相似。

②亿：预料，测度。王逸《楚辞章句》："言贤者预见施行萌芽之端，而知其存亡善恶所终，非虚亿也。"

③璜（huáng）：玉石。

④十成：十重。

⑤极：至。殷的贤臣箕子见到纣王用象牙筷子，料想到他的奢侈行为一定会发展到住高台广室的地步。

⑥道：导引。

⑦尚：尊崇。这里讲的是舜，写舜登天帝位是哪位导引、尊崇的。

⑧女娲：神话中古神的女帝王，蛇身人头，一天内就能变化七十种模样。

⑨体：指女娲奇怪的体形。

【译文】

舜起初刚为民的时候，怎么就能预料结局？

纣王建造十层玉台，谁使他到如此地步？
舜承受天命登位称帝，是谁指引他上台？
女娲有着特殊形体，是谁将她造成这样？

【原文】

舜服^①厥弟，终然为害。
何肆^②犬体^③，而厥身^④不危败？
吴^⑤获迄（qì）古，南岳^⑥是止^⑦。
孰期^⑧去^⑨斯^⑩，得两男子^⑪？

【注释】

①服：听从。《尚书·尧典》记载，舜父瞽叟顽，母嚚，弟象傲，舜却能顺适不失子道，兄弟孝慈。又《孟子·万章》《史记·五帝本纪》都记载，舜对父母及弟弟象虽然很好，可象与他父母天天筹划如何害舜。

②肆：放肆。

③犬体：狗的心术，谓象之凶恶如同禽兽。

④厥身：指象身。

⑤吴：古代南方的诸侯国。

⑥南岳：指会稽山。《吴都赋》："指衡岳以镇野。"会稽山一名衡山，周朝为扬州之镇，故亦叫南岳。这里代表吴地的山。

⑦止：居留。

⑧期：期望。

⑨去：看成是"夫"的错字。

⑩斯：指吴地。

⑪两男子：指太伯、仲雍。《史记·吴太伯世家》记载，周文王之

祖古公亶父的长子太伯与次子仲雍，知道古公亶父要把君位传给他的幼子季历，就跑去南方躲避，吴地人却拥戴太伯为国君，太伯死后，仲雍继立为君王。

【译文】

舜帝很爱他的弟弟象，却还是被弟弟谋害。

为什么象放肆得如同禽兽？他自身却没有遇到危险败亡？

吴国得以长久存在，还屹立在江南一带。

谁能预料到出现的情况，是因为得到两位贤才？

【原文】

缘①鹄②饰玉，后帝③是飨④。

何承⑤谋夏桀，终以灭丧？

帝⑥乃降观⑦，下逢伊挚⑧。

何条放⑨致罚⑩，而黎服⑪大说⑫？

【注释】

①缘：因为，借助。

②鹄（hú）：天鹅，在此指拿鹄肉做的羹。

③后帝：指商汤。

④飨（xiǎng）：享用。据《史记·殷本纪》记载，伊尹以善于烹调而让汤信用，后帮助汤消灭夏桀。这两句是写伊尹拿鸿鹄的羹、玉饰的鼎来服侍商汤。

⑤承：承受。

⑥帝：指商汤。

⑦降观：下来体察民情。

⑧伊挚：伊尹的名。

⑨条放：放逐到鸣条。条，鸣条，地名。《尚书·汤誓》记载：伊尹相汤伐桀，遂与桀战于鸣条之野。又《史记·殷本纪》记载：桀败于有娀之虚，奔于鸣条。

⑩致罚：指受到天帝的谴责。

⑪黎服：当成黎民，服当为民字之误。一说黎民悦服。

⑫说：通"悦"。

【译文】

伊尹以鹄羹玉鼎进献美馔，商汤君王欣然受用。

怎样用伊尹谋算夏桀，最后还是把夏灭亡了？

商汤来到民间巡视四方，不料遇到了伊尹。

商汤把桀放逐到鸣条，黎民百姓为什么十分高兴？

【原文】

简狄①在台②，喾③何宜④？

玄鸟⑤致贻（yí），女⑥何喜⑦？

【注释】

①简狄：有娀氏之女，帝喾之妃。

②台：坛。

③喾（kù）：古代的君王，号高辛氏。

④宜：通"仪"。《尔雅·释诂（gǔ）》："仪，匹也。"此作动词用，求偶。

⑤玄鸟：燕子。

⑥女：指简狄。

⑦何喜：为何要生子。《史记·殷本纪》："三人行浴，见玄鸟堕其卵，简狄取吞之，因孕生契。"

【译文】

简狄住在九层的瑶台上面，帝喾如何娶她？

玄鸟给简狄送来彩礼，简狄为什么会生子？

【原文】

该①秉②季③德，厥父是臧④。

胡终弊⑤于有扈⑥，牧夫牛羊⑦？

干协时舞⑧，何以怀之？

平胁⑨曼肤⑩，何以肥⑪之？

有扈牧竖⑫，云何而逢？

击床⑬先出⑭，其命何从⑮？

恒⑯秉季德，焉得夫朴牛⑰？

何往营⑱班禄⑲，不但⑳还来？

昏微㉑遵迹㉒，有狄㉓不宁。

何繁鸟萃棘㉔，负子㉕肆情？

【注释】

①该：亥，殷人的先祖，契的第六世孙。

②秉：承。

③季：冥，亥的父亲。

④臧：善良，心地善良。

⑤弊：败，这里指被杀害。

扫码看视频

⑥有扈（hù）：当为夏朝有扈氏。或为有易之误，《天问》作有扈，乃字之误。盖后人多用有扈，少见有易，又同是夏时事，故改"易"为"扈"，女弊于有易的事。

⑦牧夫牛羊：指亥寄居在有易国从事放牧。

⑧干协时舞：《公羊传·宣公八年》："万者何，干舞也。"这类舞用于武事，就是舞。《左传庄公·二十八年》："楚令尹子元，欲蛊文夫人，为馆于宫侧，而振万焉。"令尹子元用万舞诱惑文夫人，那么这两句大概是写王亥拿歌舞诱惑有易之女，即王亥被有易所害的原因。可见王亥是因为有淫荡行为而被害的，诗句与史实相合。这两句的句式是倒装，意思是：王亥怎么会使有易之女怀思？是被歌舞挑动的。干，盾。协，和合。时舞，指万舞，古代一种大型乐舞。

⑨平胁：形体俊美。

⑩曼肤：细滑的皮肤。王逸《楚辞章句》释此句为"形体曼泽"。这是讲有易之女的容貌。

⑪肥：肥硕。

⑫牧竖：牧人。竖是蔑称，犹言小子。这里指王亥。这句是写有易氏与王亥怎么会巧遇。

⑬击床：指的是有易之君绵臣派人袭击王亥于床笫之间。

⑭先出：指的是当时恰好王亥先出，才免于死亡。

⑮其命何从：他的生命从哪里才得以保全。王国维《殷卜辞中所见先公先王考》："其'有扈牧竖'四句，似记王亥被杀之事。"这两句是写王亥在床上被袭击而先逃走，故而他侥幸不死。

⑯恒：亥弟，季子。王国维《殷卜辞中所见先公先王考》："恒盖该弟，与该同秉季德，复得该所失服牛也。"

⑰朴（pǔ）牛：大牛。

⑱营：经营。

⑲班禄：君主所颁布的爵禄。

⑳但：可能是"能"的错字。

㉑昏微：指上甲微，王亥的儿子。《史记·殷本纪》："振（亥）卒，子微立。"

㉒遵迹：遵循他前人的路线，即继承祖业。

㉓有狄：指有易。王国维《殷卜辞中所见先公先王考》："昏微即上甲微，有狄亦即有易也。古'狄''易'二字同音相通。"这两句是写上甲微循其先人的遗德，以征有易，有易所以不得安宁。这两句历代各家解释不一，很难有准确的解释，按上下文义看，讲的是上甲微的事情。

㉔繁鸟萃棘：射击集聚在荆棘上的鸟群。繁鸟，指他天天以射鸟兽为事。萃，集。棘，荆棘。

㉕负子：一说应为"妇子"，指妇人与男子。

【译文】

亥秉承了父亲季的品德，学习了父亲待人宽厚的美德。
为什么还是死在了有易国，失去了他的牧人和牛羊？
亥如何诱惑有易国的女子？他手持盾牌翩翩起舞。
有易国女子体态丰满肌肤细腻，为什么长得如此漂亮？
有易氏发现了亥的淫乱，他们是怎样遇到的？
亥险些被杀死在床上，他的生命是从何而得保全？
恒继承了季的品德，从哪里得到的这些大牛？
为什么恒去钻营求禄，一去没见他再回头？
上甲微秉承了父亲的品行，让有易国不得安宁。
为什么他晚年打猎鸟兽，荒淫无度？

【原文】

眩弟①并②淫，危害厥兄。
何变化以作诈，后嗣而逢③长？

【注释】

①眩弟：昏乱的弟弟。

②并：一块。王逸、洪兴祖都认为是说舜的弟弟象的事情。可是上下文讲的都是殷汤的事情，这处不应该突然加入夏朝之事，应该讲的是殷朝的史实，写的也应该是上甲微的事情。依照殷人的继统法是兄死弟继，无弟然后传子。传说上甲微曾与昏乱的弟弟一块淫佚长嫂，所谓"眩弟并淫"；上甲微晚年荒淫，大概他的弟弟为了夺取王位相互残杀，所谓"危害厥兄"。一说是舜弟象欲谋其兄。

③逢：兴旺。这是讲上甲微的弟弟争到王位后，便传位给自己的儿子，并没传给他哥哥上甲微的儿子，即所谓"变化以作诈"；在这以后，便变成子继父位，他们的子孙后代相继不绝，即所谓"后嗣逢长"。这是大略的推理，书阙有间，其事已不甚可考。

【译文】

弟弟也昏乱淫逸，而且还想谋害兄长。
善变狡诈多端的人，他们的后代为什么会兴旺长久？

【原文】

成汤①东巡，有莘爰极②。
何乞彼小臣③，而吉妃④是得？

水滨之木，得彼小子。

夫何恶之，媵⑤有莘之妇？

【注释】

①成汤：指商汤。

②有莘（shēn）爰（yuán）极：是倒装句，应该是爰极有莘。莘，读作"申"，有莘为古代的国名，在今河南开封。而汤居西亳（在今河南偃师），在有莘的西边，因此说东巡。极，到。

③小臣：指伊尹，他原本是有莘国的小臣。

④吉妃：指有莘氏的女儿。

⑤媵（yìng）：指以臣仆陪嫁。

【译文】

成汤去东部地区巡视，他巡视到了有莘这个地方。

为什么他得到小臣伊尹，还能再得到贤淑的妃子？

在水边那株空桑树中，有莘女子捡到个小孩子来养。

为什么有莘国君会讨厌伊尹，把伊尹当作陪嫁送给成汤？

【原文】

汤出重泉①，夫何罪尤②？

不胜心③伐帝④，夫谁使挑⑤之？

【注释】

①重泉：地名，桀关押汤的地方。

②尤：罪过。

③不胜心：心中不能忍受。

④帝：指夏桀。

⑤挑：教唆。

【译文】

成汤从重泉被释放出来，他有什么罪过呢？

成汤无可忍受就起兵进攻桀，是谁挑起这场是非的呢？

【原文】

会朝①争盟②，何践吾③期？

苍鸟④群飞，孰使萃⑤之？

到击纣躬⑥，叔旦⑦不嘉⑧。

何亲揆⑨发足⑩，周之命⑪以咨嗟？

授殷天下，其德安施⑫？

及成乃亡⑬，其罪伊⑭何？

争遣伐器⑮，何以行之⑯？

并驱击翼⑰，何以将⑱之？

【注释】

①会朝："朝会"的倒装。

②争盟：盟约。

③吾：武之错字。此处讲武王伐纣的事情。《史记·周本纪》云："武王自称太子发，言奉文王以作……是时，诸侯不期而会盟津者八百诸侯。"

④苍鸟：鹰，比喻武王的将士勇猛如鹰。

⑤萃：集。

⑥躬：体形。

⑦叔旦：指周公旦，武王的弟弟。

⑧嘉：夸奖。

⑨揆（kuí）：掌控。

⑩发足：启行。指武王兴师伐纣的事。

⑪周之命：指周颁布灭殷的命令。

⑫其德安施：别本作其位安施。按"其位"和"天下"文意重复。

⑬及成乃亡：别本作反成乃亡。

⑭伊：是。

⑮伐器：攻伐之器，即武器。

⑯行之：动员他们。

⑰击翼：击其两翼。朱熹《楚辞集注》："言武王之军，人人乐战，并驱而进。"

⑱将：统领。

【译文】

八百位诸侯聚在一起誓师，他们如何履行与武王约定的时间？

战士们勇猛如鹰奋勇搏击，是谁把他们聚在一起的？

周武王用刀乱砍纣王的尸体，周公不同意他这么做。

不知道周公为什么帮助策划，安定周室，完成使命后又叹息？

天帝派殷王朝管理天下，王位是根据什么来授权的呢？

它成功后又让它灭亡，殷朝的过错到底在哪里？

八百位诸侯争相派遣部队，这么多的力量该如何调动？

周军并驾齐驱夹击两翼，如何指挥将士这样出击？

周昭王南巡想得到什么呢？难道只是为了得到白色的野鸡？

周穆王善于策马驰骋，为什么他要周游四方呢？

周穆王驱马走遍了天下，他到底在寻找什么东西？

有夫妇携带货物沿街叫卖，他们在叫卖什么东西？

周幽王究竟要杀什么人？他哪里得来的美女褒姒？

【原文】

天命反侧①，何罚何佑②？

齐桓③九会，卒然身杀④？

【注释】

①反侧：反反复复。

②何罚何佑：为什么要被惩罚和保佑。

③齐桓：齐桓公，春秋五霸之一。《史记·齐世家》记载，齐桓公重用管仲，国家强大，曾"兵车之会三，乘车之会六。九合诸侯，一匡天下"。

④身杀：指齐桓公晚年任命奸臣竖刁、易牙等人，造成内讧，自己被困饿而死。

【译文】

天命为什么总是反复无常，究竟是谁被惩罚谁被保佑？

齐桓公能九次聚齐诸侯会盟，为何结果还是被人杀死？

【原文】

彼王纣①之躬，孰使乱惑②？

何恶辅弼，谗谄是服③？

比干④何逆，而抑沉之？

雷开阿顺，而赐封之？

何圣人⑤之一德⑥，卒其异方⑦？

梅伯⑧受醢⑨，箕子详狂⑩。

【注释】

①王纣：纣王。

②乱惑：迷迷糊糊不清醒。

③服：用。

④比干：纣王之叔，劝告纣为善去恶，被纣王剖心而死。

⑤圣人：指下文中的梅伯、箕子。

⑥一德：品德一样。

⑦方：方法与途径。

⑧梅伯：纣的诸侯，因为直言敢谏被纣所杀。

⑨醢（hǎi）：剁成肉泥。

⑩箕（jī）子详狂：箕子谏纣不听，披发装疯而去做别人的奴隶。箕子，纣王的臣子。详狂，佯狂，装疯。

【译文】

那个殷商纣王的性情为人啊，是谁教唆他狂暴昏庸？

他为什么讨厌忠良辅佐，偏喜欢听信小人的谗谄？

比干有什么地方触犯了他，为什么会受到他的压制被埋没不用？

雷开奉承纣王，怎么却被赏赐封地？

为什么圣人有一样的美德，可最终的结局却不同？

梅伯勇于直谏被剁成了肉酱，箕子见纣王拒谏而装疯。

【原文】

稷①维②元子③，帝④何竺之？

投之于冰上，鸟何燠⑤之？

何冯⑥弓挟矢，殊能将⑦之？

既惊帝切激⑧，何逢长之？

伯昌号衰⑨，秉鞭⑩作牧⑪。

何令彻⑫彼岐社，命⑬有殷国？

【注释】

①稷（jì）：后稷，帝喾的长子。

②维：是。

③元子：嫡妻生的长子。

④帝：指帝喾。

⑤燠（yù）：温暖。《诗经·生民》记载，帝喾妃姜嫄，踏了巨人的脚步，因此怀孕生稷，认为不祥，把他丢弃在冰上，后来有鸟飞来用翅膀替他取暖。

⑥冯（píng）：挟。

⑦将：统领。

⑧切激：激烈。

⑨号衰：发号命令于殷朝衰落之期。

⑩秉鞭：以喻执政。秉，执。

⑪牧：古代对管理百姓的地方官的叫法。

⑫彻：撤除。

⑬命：指天命。

【译文】

后稷本是帝喾嫡出的长子，帝喾为什么对他如此狠毒？

后稷出生后被扔在了寒冰上，群鸟怎么给他覆翼送暖？

为什么后稷还能张弓持箭，以特殊的才能指导战争？

出生既然已经惊动了天帝，为什么还让他繁荣昌盛？

殷商末期西伯姬昌号召天下，掌控大权成为诸侯的头领。

武王为什么又让他放弃岐社，接受天命拥有殷商？

【原文】

迁藏^①就^②岐，何能依？

殷有惑妇^③，何所讥^④？

受^⑤赐兹^⑥醢，西伯上告^⑦。

何亲就^⑧上帝罚，殷之命以不救？

【注释】

①藏：宝藏。

②就：往。指周的先人古公亶父自邠迁岐的事。《史记·周本纪》记载：古公亶父初居邠（今陕西彬县），后遭狄人侵扰，就带领家属、宝藏迁往岐山下。邠地人民扶老携幼都跟着去。

③惑妇：指纣王最喜欢的妃子妲己。《史记·殷本纪》记载："爱妲己，妲己之言是从。"

④何所讥：有什么可规劝的。

⑤受：纣的字。

⑥兹：此。

⑦上告：告诉天帝。《帝王世纪》云："伯邑考（文王的儿子）

质于殷，为纣御，纣烹以为羹，赐文王，曰：‘圣人当不食其子羹。’文王得而食之。纣曰：‘谁谓西伯圣者？食其子羹尚不知也。’”

⑧亲就：躬受。

【译文】

周先祖带着宝藏迁到岐山下，为什么人们能归附他？

殷纣已被妲己迷惑，劝告的话对他又有什么用处？

纣王把西伯儿子做成肉酱送给西伯吃，西伯愤怒地向天告状。

纣王为什么要受天帝的惩罚，殷商的天命难以挽救？

【原文】

师望①在肆②，昌③何识？

鼓刀④扬声，后⑤何喜？

武发⑥杀殷⑦，何所悒（yì）？

载尸⑧集战⑨，何所急？

【注释】

①师望：吕望做太师，因此简称师望。

②肆：店铺。

③昌：周文王的名字。

④鼓刀：拿刀砍肉。

⑤后：指文王。

⑥武发：指周武王，名发。

⑦殷：指殷纣王。《史记·殷本纪》：“纣兵败。纣走，入登鹿台，衣其宝玉衣，赴火而死。周武王遂斩纣头，县之大白旗。”

⑧尸：写着死者名字的木头牌位。

⑨集战：开战。

【译文】

太公吕望在朝歌的店铺里杀牛，文王怎么能了解他呢？

听到吕望摆弄屠刀的声音，文王怎么会那样欢喜？

武王砍下了纣王的脑袋，为什么会有那么大的怒气？

带着文王的灵位会战，武王为什么如此焦急？

【原文】

伯林①雉经②，维其何故？

何感天抑③墜（dì），夫谁畏惧④？

皇天集命⑤，惟何戒⑥之？

受⑦礼⑧天下，又使至⑨代之？

初汤臣挚⑩，后兹承⑪辅⑫。

何卒官汤⑬，尊食⑭宗绪⑮？

【注释】

①伯林：伯，当为"燔"，声误。林，即薪火。燔林，即《史记·周本纪》所谓"纣自燔于火而死"。

②雉（zhì）经：上吊自杀。

③抑：塞。

④谁畏惧：有什么可怕的。

⑤集命：指皇天降天命，让某人统治天下。这里应指殷朝。

⑥戒：警觉。

⑦受：纣的字。

⑧礼：通"理"。

⑨至：当为"周"之错字。

⑩臣挚：以挚为臣。挚，伊尹名。

⑪承：进。

⑫辅：辅佐。

⑬官汤：做汤的相。

⑭尊食：庙食，在殷的太庙中受祭奠。

⑮宗绪：指汤的祠庙。

【译文】

纣王焚火自缢，这究竟是由什么原因造成的呢？

他为什么要向上天呼告，难道他的心里还会感到畏惧？

上天降赐天命给殷的时候，为什么对受命的君没有告诫明白？

纣王既然已统治了天下，为什么又被别人代替？

当初商汤让伊尹先做小臣，后来又封他做辅佐臣僚。

为什么伊尹最后当了商汤的宰相，死后牌位还在宗庙配享？

【原文】

勋①阖②梦③生④，少离⑤散亡。
何壮⑥武厉⑦，能流⑧厥严⑨？

【注释】

①勋：功勋。

②阖：春秋时吴王阖闾。

③梦：吴王寿梦。

④生：子孙。

⑤离：罹，遭遇。

⑥壮：壮年，泛指成年。

⑦武厉：应是厉武的倒文，即奋发参武。厉，奋进。

⑧流：行。

⑨严：通"庄"，汉人避明帝讳改。这是说吴王阖闾重用伍子胥、孙武，击败楚国，壮大吴国的声威的事。（见《史记·吴伯世家》）

【译文】

有功的阖闾是寿梦的孙子，少年遭受了背井离乡的苦。

为什么他壮年才勇武奋发，他的威名却能远布四方？

【原文】

彭铿①斟雉②，帝③何飨④？

受寿永多，夫何长久？

【注释】

①彭铿（kēng）：彭祖，名铿，相传他活到了八百岁。

②斟雉（zhì）：拿野鸡做羹。

③帝：指尧。

④飨（xiǎng）：享。

【译文】

彭祖献上他烹调的野鸡汤，为什么帝尧喜欢品尝？

彭祖获得了长寿，为什么他竟能活那么久？

【原文】

中央①共牧，后何怒②？

蜂蛾微命③，力何固④？

惊女采薇⑤，鹿何祐⑥？

北至⑦回水⑧，萃何喜？

兄⑨有噬犬⑩，弟⑪何欲？

易之以百两⑫，卒无禄⑬。

扫码看视频

【注释】

①中央：指周朝统一天下的政权。戴震《楚辞音义》及毛奇龄《楚辞补注》都认定是泛指，不是指某一具体史实。

②后何怒：即指厉王降灾捣鬼的事。后，指厉王。

③蜂蛾微命：蜂，蜜蜂。蛾，古"蚁"字。微命，渺小的生命。在此指起来反抗周厉王的人民。

④力何固：《史记·周本纪》载，人民"乃相与畔，袭厉王。厉王太子静匿召公之家，国人闻之，乃围之。召公乃以其子代王太子"。人们找不到厉王，就追索太子，召公子最终被杀。此即所谓"力何固"。

⑤惊女采薇：惊女，女惊之倒文。惊，通"警"，戒。采薇，指伯夷、叔齐不食周粟，在首阳山采薇的事。指女子劝告伯夷叔齐别去采薇。《文选》之《辨命论》注引《古史考》云："伯夷叔齐……隐于首阳山，采薇而食之。野有妇人谓之曰'子义不食周粟，此亦周之草木也'。"

⑥鹿何祐（yòu）：祐，一本作佑，可从。有传云："（伯夷叔齐）二人遂不食薇，经七日，一遣折鹿乳之。"

⑦北至：指伯夷叔齐北到首阳山。

⑧回水：河水的弯曲处，即河曲，指首阳山之所在。首阳在河东

的蒲坂，华山往北，河曲之中。

⑨兄：指春秋时秦国君主秦景公。

⑩噬犬：猛犬。

⑪弟：指秦景公之弟。

⑫百两：车的数量。两，同辆。

⑬禄：爵禄。

【译文】

诸侯一起治理周朝的天下，周厉王为什么不高兴？

百姓地位卑微，他们的力量怎么会这么强大？

女子讥讽伯夷、叔齐采薇的事，神鹿为什么庇佑他们？

他们往北来到了首阳山，为什么会喜欢在那停留呢？

秦景公有条猛犬，他弟弟为什么想把它弄到手？

他想用一百辆车换这条狗，最终却连爵禄也丢掉了。

【原文】

薄暮雷电，归何忧①？

厥严②不奉③，帝何求④？

伏匿穴处，爰何云⑤？

荆勋作师⑥，夫何长？

悟过改更，我又何言？

【注释】

①归何忧：王逸《楚辞章句》云："屈原书壁所问略讫（qì），日暮欲去，时天大雨雷电，思念复至，自解曰：归何忧乎？"

②严：威严。

③奉：尊奉。

④帝何求：求天帝能管用吗。帝，天帝。

⑤何云：说什么。

⑥荆勋作师：楚国动辄兴师开战。据《史记·楚世家》记载，楚怀王被张仪欺骗后，兴师伐秦，大败于丹阳。楚怀王很生气，再次带兵攻秦，又大败于蓝田。这两句是讲楚国动不动就兴师和秦作战，国家怎么会长久呢？据《史记·楚世家》记载，楚怀王在蓝田失败后，八九年间与其他国家没发生战争，即所谓"悟过改更"。荆，指楚国。勋，"动"的错字。作师，起兵。

【译文】

　　傍晚的时候雷鸣电闪，我想要回去怎又生忧愁？

　　楚国的威严已经丢弃，我还能对天帝有什么祈求！

　　我遭到放逐伏身藏匿在洞穴里，对国家还能有什么事情讲！

　　楚国动辄兴师开战，国家又怎么能够长久呢？

　　楚怀王如果悔悟改正错误，我对此事也就不必再说什么！

【原文】

　　吴光争国①，久余②是胜。

　　何环穿③自闾④社丘陵，爰出子文⑤？

【注释】

　　①吴光争国：吴王阖闾于楚昭王十年兴兵攻楚，楚兵大败。而后吴王纵兵追之。比至郢（yǐng），五战，楚五败。楚昭王亡出郢，奔

郧（yún）。吴光，吴公子光，既吴王阖闾。争国，指吴和楚发生战争的事。

②余：指楚。

③环穿：环绕透过。

④闾（lú）：古时候二十五家为一闾，也称社。

⑤子文：指楚国令尹子文，楚成王辅佐。

【译文】

吴王阖闾和楚国长年打仗，为什么吴国经常得胜？
为什么在村头的丘陵约会，竟然生出子文来？

【原文】

吾告堵敖①以②不长。
何试③上④自予⑤，忠名弥彰？

【注释】

①吾告堵敖：指堵敖是成王所杀的事。吾，疑为"悟"的错字，即忤。堵敖，即楚文王的儿子熊艰的古字。楚文王死后，堵敖接位为楚怀王。堵敖弟熊恽（yùn）杀堵敖自立，是为楚成王。

②以：所以。

③试：当作"弑"。

④上：指堵敖。

⑤予：疑为"干"的错字。王逸《楚辞章句》注此句云："干忠直之名"，可证。楚成王弑堵敖而得忠名，《史记·楚世家》载："恽弑，布德施惠。天子赐胙（zuò）曰：镇尔南方夷越之乱！"

【译文】

我断言堵敖在位不会长久。

为什么成王杀害国王自立，忠义之名反而更显著？

名师点评

《天问》一开始就对宇宙的诞生、天地的形成、日月星宿的运行、四季的轮替等宏大自然现象提出了疑问，指出许多神话传说中的不合理处，于巫风炽盛的楚国而言，实在振聋发聩。《天问》的后段主要就人事兴亡发问，涉及了虞、夏、商、周及东周诸国的历史。他好奇大禹治水途中突然碰到涂山国的女子并与之成亲，难道大禹也贪图一时的享乐吗？天帝派羿为民消除忧患，羿为何要射瞎河伯还要强占他的妻子？他质疑历史传说的真实性问题，比如大禹为什么不是从母亲而是从父亲鲧的肚子里直接生出，不满鲧的忠而被放，从被美誉的尧身上看到楚怀王的昏庸，对历史的所谓天命，三代的立国与衰亡，伟大的屈原也提出质疑。屈原看到历史最终是由胜利者书写，失败者没有历史，或者只能被胜利者任意污名。

"何试上自予，忠名弥彰？"为什么楚成王杀掉国王自立，反而得到了一个忠信的名声？170多个设问戛然止于此，言犹未尽，让读者无所适从。

仔细想来，交错设问，原本就没有终止。举重若轻的落定，反而是最好的招数。这里没有刻意求工的痕迹，与它开篇的工整、隆重和郑重相比，结尾倒显得特别草率。而这种草率却强化了一种悲凉无望、喃喃自语以至无声的感觉，强化了对命运、国运、功业人事等天地人神万般事物的不确定性和浑然苍茫无解的那种感觉。

就此，诗人塑造了一个伟大迷惘者的形象。

延伸/阅读

宓妃的传说

相传，宓妃是伏羲的小女儿，长得十分美丽。有一次，她在洛水边玩耍，被河伯看见。河伯被她的美貌深深吸引，于是化作一条白龙，潜入洛河兴风作浪，吞没了宓妃。自此，宓妃化作洛水之神，成了河伯的女人。

但是，宓妃并没有得到河伯的真正爱惜，她终日独守水府，郁郁寡欢，只好弹奏七弦琴来排遣心中苦闷。这时，后羿来到了宓妃身边。此时，后羿的妻子嫦娥早已偷吃仙药成仙，独留后羿一人在人间。宓妃便将自己的遭遇告诉了后羿。后羿决定帮助她脱离苦海，便带她逃出了水府。河伯知道此事后，非常生气，为了把宓妃抢回去，再次化作白龙兴风作浪，淹没了大片的田地、村庄。后羿再次使出射日的本领，拉开神弓，一箭射中河伯的左眼，把他赶跑了。

从此，宓妃的传说越传越广，后来她的形象逐渐演变成世俗的美人，成为男性文人寄托情感的对象。

学海/拾贝

☆ 遂古之初，谁传道之？

☆ 上下未形，何由考之？

☆ 九天之际，安放安属？

☆ 日月安属？列星安陈？

☆ 何阖而晦？何开而明？

☆ 东西南北，其修孰多？

☆ 日安不到，烛龙何照？

☆ 一蛇吞象，厥大何如？

九 章

名师导读

　　《九章》是屈原所作的九篇散诗的汇集，这九篇散诗分别是《惜诵》《涉江》《哀郢》《抽思》《怀沙》《思美人》《惜往日》《橘颂》《悲回风》。早期，这九篇作品应该是以单篇形式流传的，后人通过编辑、整理这些作品，加上了一个总题，即《九章》。从现存文献资料来看，最早提到"九章"这一名称的是西汉刘向的《九叹·忧苦》，此前尚没有"九章"之称。《九章》与《九歌》不同，九篇作品各自独立成篇，并不构成一个有机的整体。诸篇或长或短，或哀伤或叹息，既有早年的述志诗，又有晚年的绝命诗，时间涵盖了屈原的一生。

惜　诵①

【原文】

　　惜诵以致愍②兮，发愤以抒情。

　　所作③忠而言之兮，指苍天以为正④。

　　令五帝⑤以杬中⑥兮，戒六神⑦与向服⑧。

　　俾山川⑨以备御⑩兮，命咎繇⑪使听直⑫。

　　竭忠诚以事君兮，反离群而赘肬⑬。

扫码看视频

忘⑭儇⑮媚⑯以背众兮，待明君其知之。

言与行其可迹⑰兮，情与貌其不变。

故相臣莫若君兮，所以证⑱之不远。

吾谊⑲先君而后身兮，羌众人之所仇。

专惟君⑳而无他兮，又众兆㉑之所雠㉒。

壹心而不豫㉓兮，羌不可保也。

疾㉔亲君而无他兮，有㉕招祸之道也。

【注释】

①《惜诵》：喜欢进谏。应是屈原最早的作品，结构与内容和《离骚》相像，可能是《离骚》的最初稿。蒋骥也说："《惜诵》盖二十五篇之首也。"足以证明它的写作时间很早。惜，喜好。诵，谏议。

②愍（mǐn）：忧患。

③所作：作，朱熹《楚辞集注》作"非"。

④正：证明。

⑤五帝：五方的神，东方为太皞，南方为炎帝，西方为少昊，北方为颛顼，中央为黄帝。

⑥桥（xī）中：依据法律条文来判断是非。

⑦六神：说法不同，据朱熹讲是司日、月、星、水旱、四时、寒暑的神。

⑧向服：即对证有没有罪状。向，对。服，服罪，可解释为罪状。

⑨山川：指山川的神。

⑩备御：指陪审。御，侍。

⑪咎（gāo）繇（yáo）：即皋陶，舜时执掌刑律的大臣。

⑫听直：听取曲直。

⑬赘（zhuì）肬（yòu）：身上多出来的肉瘤。

⑭忘：应是"亡"的误字，亡古代作"无"解。

⑮儇（xuān）：轻佻。

⑯媚：谄媚事人。

⑰迹：脚印，引申为循实考核。

⑱证：验证。

⑲谊：通"义"，道理。

⑳专惟君：一心一意为君王着想。

㉑众兆：众人，指楚国那些谄佞之人。

㉒雠（chóu）：通"仇"。

㉓不豫：不考虑，不动摇。

㉔疾：着急，极力。

㉕有：通"又"。

【译文】

以数次进谏来陈述哀愁，表达愤懑和忧思的情感。

我所说的如果有不忠的，那么可以让苍天来证明。

还要请五帝来做个评判，请六神帮我对质与证明。

最好由山川神灵来陪审，还要让皋陶来明辨对错。

竭尽忠诚以事君王，反倒被排挤而形同累赘。

不愿谄媚而违背众意，只能等待懂我的明君。

我的言行是有迹可查的，我的表里如一不会有变化。

最了解臣子的只有君王了，所以无须求远去证明我的清白。

我是以君为先而无他念，竟遭这群小人的妒忌。

一心为君王从没有其他想法，却还是不能保全自己。

只想接近君王而没有别的意思，这竟成招祸的根源！

【原文】

思君其莫我忠兮，忽忘身之贱贫。

事君而不贰①兮，迷不知宠之门②。

忠何罪以遇罚兮，亦非余心之所志③。

行不群④以巅越⑤兮，又众兆之所咍⑥。

纷逢尤⑦以离谤⑧兮，謇不可释。

情沉抑⑨而不达兮，又蔽而莫之白。

心郁邑⑩余侘傺⑪兮，又莫察余之中情。

固烦言不可结诒⑫兮，愿陈志而无路。

退静默而莫余知兮，进号呼又莫吾闻。

申侘傺之烦惑兮，中闷瞀⑬之忳忳⑭。

【注释】

①不贰：从无二心。

②宠之门：让人宠爱的门路。

③志：意料。

④行不群：所作所为不同于群小。

⑤巅越：摔跤。

⑥咍（hāi）：笑，楚地方言。

⑦逢尤：被责怪。

⑧离谤：遭诽谤。

⑨沉抑：沉闷，压抑。

⑩郁邑：忧愁烦闷的样子。

⑪侘（chà）傺（chì）：失意惆怅、彷徨徘徊的样子。

⑫结诒（yí）：封寄。

⑬闷瞀（mào）：心烦意乱的样子。

⑭忳（tún）忳：忧愁的样子。

【译文】

没有人比我更忠心于君王，我竟然忽视了自己的出身贫贱。

一心事君无二心，却不懂得邀宠之门。

忠于君王有什么罪而遭惩罚，这是出乎自己所料的事。

行为与众不同而跌了跟头，又遭到别人的嗤笑。

经常被人嗤笑而受诽谤，真是有口也难辩。

心情沉抑未能抒发，心绪压抑言语无法表达。

我的心情忧伤怅然不快，又没有人知晓我的心情。

本来心中的话难以用语言来表达，想表达心志却没有办法。

想退而不言就无人了解我，欲进言又没有人听。

一再失意使心中不安，心情烦闷又忧伤。

【原文】

昔余梦登天兮，魂中道而无杭^①。

吾使厉神^②占之兮，曰有志极^③而无旁^④。

终危独^⑤以离异兮？曰君^⑥可思而不可恃^⑦。

故众口其铄^⑧金兮，初若是^⑨而逢殆^⑩。

惩于羹者而吹齑^⑪兮，何不变此志也？

欲释阶^⑫而登天兮，犹有曩^⑬之态也。

众^⑭骇遽^⑮以离心兮，又何以为此伴也？

同极而异路^⑯兮，又何以为此援^⑰也？

晋申生^⑱之孝子兮，父信谗^⑲而不好^⑳。

行婷直^㉑而不豫兮，鲧功用而不就。

【注释】

①杭：通"航"，渡船。这里借指扶梯。

②厉神：严厉、正直的神。犹如《离骚》中的灵氛、巫咸，为人们占梦的神巫。

③志极：应是志趣。

④旁：辅助。

⑤危独：危险，孤寂。这句是屈原诘问厉神的话，省略了句前的"曰"字，意思是讲难道我就这样危险孤寂，而与楚怀王分开吗？

⑥君：指楚怀王。

⑦恃：依靠。

⑧铄（shuò）：熔解。

⑨若是：如此，指忠言直行。

⑩殆：危险。

⑪惩于羹者而吹齑（jī）：被热汤烫过的人，吃时总提防着要吹一口气。吃一堑长一智的意思。惩，警戒。羹，很热的汤。齑，通"缉"，剁成细末的菜，是凉菜。

⑫阶：阶梯，即上文"中道无杭"。

⑬曩（nǎng）：以前。

⑭众：指群小。

⑮骇遽（jù）：恐慌。

⑯同极而异路：屈原与群小同事一君，可走的是忠奸两条不同的道路。

⑰援：援引。

⑱申生：春秋时晋献公子，那时号称"孝子"。

⑲信谗：献公听信后妻姬的谣言，把申生逼死。

⑳好：爱。

㉑婞（xìng）直：刚直。

【译文】

从前我曾梦见自己登天，魂在中途却失去了方向。

让厉神为我解梦，他说志向虽远大可没人能助我。

我最终还是孤独被逐吗？他说王可以思念却不可靠。

群小的谗言足能让金子熔化，以前就是这样才遇凶险。

被热汤烫过的人吃凉菜也要吹，为什么不改变你的态度呢？

你想登天却丢掉了阶梯，还是像从前的态度。

子民人心惶惶且心不齐，你这样倔强又有什么同伴呢？

同事一个君主却走不同的路，你怎么还要这样寻求帮助吗？

晋国皇子申生确是孝子，但父亲却信谗言而不信他。

鲧刚直而不和顺，他治水的功业因此未能完成。

【原文】

吾闻作忠①以造怨②兮，忽③谓之过言④。

九折臂而成医⑤兮，吾至今而知其信然。

矰弋机⑥而在上兮，罻罗⑦张⑧而在下。

设张辟⑨以娱⑩君兮，愿侧身⑪而无所。

欲儃佪⑫以干傺兮，恐重患⑬而离尤⑭。

欲高飞而远集兮，君罔⑮谓汝何之？

欲横奔⑯而失路⑰兮，坚志而不忍。

背膺⑱牉⑲以交痛兮，心郁结而纡轸⑳。

捣（dǎo）木兰以矫㉑蕙兮，䌷㉒申椒以为粮。

播江离与滋^㉓菊兮，愿春日以为糗^㉔芳。

恐情质^㉕之不信^㉖兮，故重著^㉗以自明。

矫^㉘兹媚^㉙以私处^㉚兮，愿曾思^㉛而远身^㉜。

【注释】

① 作忠：尽心尽力报国。

② 造怨：造就人们的怨恨。

③ 忽：忽略，忽视。

④ 过言：过分的言论，夸大言辞。

⑤ 九折臂而成医：引用古语，《左传》有"三折肱知为良医"的话，与此意同。意思是经验多了，就能成良医。在此比喻自己多次的经历证明忠心会遭祸害。

⑥ 矰（zēng）弋（yì）：用来射鸟的短箭。

⑦ 罻（wèi）罗：捕鸟的两种网子。

⑧ 张：张设。

⑨ 辟：一种捕鸟的工具。

⑩ 娱：古通"虞"，乐。

⑪ 侧身：犹"厕身"，置身其间。自己欲置身君王的身边以匡济之，却没有容身之处。

⑫ 儃（chán）佪：徘徊。

⑬ 重患：增加灾难。

⑭ 离尤：遭受责难。

⑮ 罔：诬。

⑯ 横奔：乱跑。

⑰ 失路：不走正道。比喻变节从俗。

⑱ 膺（yīng）：胸。

⑲ 胖（pàn）：通"判"，一物中分成二。

⑳纡（yū）轸（zhěn）：隐痛连心。

㉑㛤：揉。

㉒齰（zuò）：舂。

㉓滋：种植。

㉔糗（qiǔ）：干粮。

㉕情质：情实。

㉖信：通"伸"。

㉗重著：一再表明。

㉘㛤：举。

㉙媚：美好。

㉚私处：独处。

㉛曾思：反复斟酌。

㉜远身：隐身远去。

【译文】

我听说忠诚易结怨，认为言过其实并不注意。

病久了也就成良医了，我至今才明白这是真理。

现今的社会是弓矢暗藏，下面张开着害人的网子。

设置机关讨好君王，想避祸也没有容身的地方。

想徘徊着以求进取的时机，又担心加重罪行。

想离开这里远走高飞，君王要问：你要去哪儿啊？

想要变节易行不选正路，意志坚定而不忍这样。

我的胸背如裂开般疼痛难忍，我的心抑郁而忧伤。

把木兰弄碎把蕙草揉碎，舂好申椒做自己的食物。

我种植江离和菊花，期望到春天时可以作为干粮。

唯恐不能表白心中的真情，因此一再重述自己的苦心。

我保持着美德而隐退，愿能深思而自爱洁身。

《惜诵》是《九章》的首篇。"惜"是悼惜的意思，称述过去的事情叫作"诵"，"惜诵"是说以悼惜的心情来叙述过去的事实。在本篇中，作者反复抒写政治理想，叙述自己在政治上遭受打击的始末和自己对待现实的态度，表达了自己的清白与忠贞，以及不愿与世同流合污的心态，这也是屈原一生奉行的原则。

《惜诵》的基本内容与《离骚》前半篇大致相似，抒情脉络简洁明了、集中，如果《惜诵》作于《离骚》之前，可以看作是《离骚》抒情的预演；如果《惜诵》作于《离骚》之后，则可以看作是《离骚》抒情的浓缩。一以贯之的是屈原对国君的竭力忠诚，对于"美人"也就是楚怀王的无限忧思。众人仇视他先君后己，以至于谗言致祸。国君是他唯一的护佑与希望，一旦失去他的信任，诗人就一无所有了。这是一种彻底的依附，古代人与现代人的区别就在这里。现代人的目标是成为独立自主的个体，康德在《何谓启蒙》（1784）中曾说，"启蒙运动就是人类脱离自己所加之于自己的不成熟状态，不成熟状态就是不经别人的引导，就对运用自己的理智无能为力。"屈原一味依赖楚怀王在当时是忠君，现代人的眼光看却是一种依附性的不成熟状态。我们今天还要学习屈原的作品，一是要学习其如何倾诉这种百步九折萦岩峦的衷肠，二是"忠诚"仍然是现代人珍视的一种可贵品质，我们仍然珍视诸如独立、自主这样一些价值理念。阅读楚辞和其他古代文学作品，这一点不可不辨。

涉 江

【原文】

余幼好此奇服①兮，年既老而不衰。

带长铗②之陆离③兮，冠切云④之崔嵬⑤。

被明月⑥兮珮宝璐。

世溷⑦浊而莫余知兮，吾方⑧高驰⑨而不顾。

驾青虬⑩兮骖白螭⑪，吾与重华⑫游兮瑶之圃⑬。

登昆仑兮食玉英⑭，与天地兮同寿，与日月兮同光。

哀南夷⑮之莫吾知兮，旦余济乎江湘。

乘鄂渚⑯而反顾兮，欸⑰秋冬之绪风⑱。

步余马兮山皋⑲，邸⑳余车兮方林㉑。

乘舲㉒船余上沅㉓兮，齐㉔吴㉕榜㉖以击汰㉗。

船容与而不进兮，淹㉘回水㉙而疑滞㉚。

朝发枉陼㉛兮，夕宿辰阳㉜。

苟余心其端直兮，虽僻远之何伤。

入溆浦㉝余儃佪㉞兮，迷不知吾所如。

深林杳以冥冥兮，猿㉟狖㊱之所居。

山峻高以蔽日兮，下幽晦以多雨。

霰雪纷其无垠兮，云霏霏而承宇。

哀吾生之无乐兮，幽独处乎山中。

吾不能变心而从俗兮，固将愁苦而终穷。

接舆髡首㊲兮，桑扈臝行㊳。

忠不必用兮，贤不必以。

伍子逢殃兮，比干菹醢。

与前世而皆然兮，吾又何怨乎今之人！

余将董道而不豫兮，固将重昏而终身！

乱曰：鸾鸟凤皇，日以远兮。

燕雀乌鹊，巢堂坛兮。

露申辛夷，死林薄兮。

腥臊并御，芳不得薄兮。

阴阳易位^㉟，时不当兮。

怀信侘傺，忽乎吾将行兮！

【注释】

①奇服：奇特的服饰。

②铗（jiá）：剑。

③陆离：形容其所佩戴宝剑之长。

④切云：一种很高的帽子。

⑤崔嵬（wéi）：高立的样子。

⑥明月：珠名，珠光晶莹像月光，故名。

⑦溷（hùn）：通"混"，混乱。

⑧方：将。

⑨高驰：远走高飞。

⑩虬（qiú）：有角的龙。

⑪螭（chī）：无角的龙。

⑫重华：舜名。

⑬瑶之圃：产美玉的地方。指下面的昆仑，昆仑山以玉闻名。古代神话中，产玉的昆仑山被认作天帝的园圃。

⑭玉英：玉的精华。

⑮南夷：即南方人，指楚国统治集团。夷，是当时中原地区统治阶级对中原以外各族的泛称，含有轻蔑的意思。

⑯鄂（è）渚：应当指邻近洞庭的五渚之一，并不是今天湖北的武昌。

⑰欸（āi）：通"哀"，叹息。

⑱绪风：余风。

⑲山皋：水边高地。皋，水泽，引申为水边之地。

⑳邸（dǐ）：停。

㉑方林：地名。

㉒舲（líng）：通"铃"，有窗子的船。

㉓上沅：溯沅水而上。

㉔齐：并举。

㉕吴：大。

㉖榜：桨。

㉗汰（tài）：水波。

㉘淹：逗留。

㉙回水：回旋的水。

㉚疑滞：停滞不前。疑，通"凝"。

㉛渚（zhǔ）：即渚，地名。

㉜辰阳：地名。

㉝溆（xù）浦：地名，在今湖南溆浦一带。

㉞僮佪：徘徊不前。

㉟猨（yuán）：猿猴。

㊱狖（yòu）：猿猴的一种。

㊲髡（kūn）首：剃去头发。

㊳赢（luǒ）行：裸体而行。赢，通"裸"。

㊴阴阳易位：这里比喻当时社会忠奸不辨，是非不分，从而使君子贤士失位，奸邪小人得志。

【译文】

我自幼就喜欢这种奇装异服，年纪虽然老了兴致仍不减退。

腰间佩戴长长的宝剑啊，头上戴着高高的发冠。

身披明月之珠腰缀美玉。

但举世混浊没人了解我，我将奔向远方不再有顾及。

有角青龙驾辕无角白龙拉套，我与舜帝重华同游瑶圃。

登上昆仑山以玉之精英为食，要与天地同样万寿无疆，要与日月一齐永放光芒。

哀痛南夷之人都不理解我，天亮后我将渡过长江湘江。

登上鄂渚回头看看来路，慨叹秋冬两季大风凌厉。

让我的马在水边高地散步，将我的车在方林那里停歇。

我乘着有窗的船只上溯沅水，一齐挥动大桨劈波斩浪。

船只慢吞吞不能前进，在逆流中凝滞徘徊。

早晨从枉陼出发，晚上止宿在辰阳。

只要我内心端正忠直，再幽僻荒远又有什么损伤。

进入溆浦我踌躇徘徊，心中迷乱不知要去哪里。

深深的树林幽远晦暗，乃是猿猴群居栖息之地。

山峰高大险峻把太阳遮蔽，下面幽深黑暗而又多阴雨。

雪珠雪花纷飞无边无际，浮云流动低垂下接屋宇。

哀痛我这一生没一点乐趣，幽居独处就在大山之中。

我不能改变心志追随流俗，所以怀着愁苦而终身困穷。

先前接舆把头发剃光装疯避世，桑扈出行总是赤身裸体。

忠心的臣子未必会被重用，贤人未必被推举。

伍子胥因为直谏被杀，比干忠心为国却遭剖心。

自古以来就是这样的，我又何必埋怨现在的人呢！

我还是坚持正道而不渝，宁愿终身处于黑暗境地！

尾声唱道：鸾鸟凤凰那些俊鸟，一天天地远飞难找。

燕雀乌鹊那些凡鸟，却在庙堂、高坛上筑巢。

申椒与辛夷那些香草香木，都在杂树丛中枯死凋零。

腥膻臊臭一起进用，芳香反而不能靠近。

阴阳已经颠倒位次，时令节序也不得当。

满怀忠信却惆怅失意，飘飘忽忽我将远行他方！

点师名评

《涉江》为楚顷襄王时期屈原远放江南时，为记叙征程和抒写怨愤而作。一般认为，这是屈原晚期的作品。因为辞中提到"年既老而不衰"，说明他是真的老了。根据古代对老的判断，屈原此时或许已经五十余岁了。因此，辞中的心态也不同于其他作品。本篇记述了他涉江的原因、途中的经历和幽居独处深山的旅程，其中穿插了在行程中及到达目的地后的所思所感，抒发了自己坚持忠贞、洁身自好、秉持初心的心志。

"山峻高以蔽日兮，下幽晦以多雨。霰雪纷其无垠兮，云霏霏而承宇。哀吾生之无乐兮，幽独处乎山中。吾不能变心而从俗兮，固将愁苦而终穷。"如果说《离骚》和《惜诵》中诗人还可以把注意力短暂地转向鲜花和香草，从大自然求得一时的精神滋养，《涉江》则是潦倒绝望到极致之后的产物，自然此时只是漫漫无边的压抑。于是诗人又转向时间，从历史中寻找比自己更不堪的人物。诗人努力支撑起自己，但我们已经看到一个精神恍惚、接近崩溃的诗人形象了。

哀　郢①

【原文】

皇天之不纯命②兮，何百姓③之震④愆⑤？
民离散而相失兮，方仲春而东迁。
去故乡而就远兮，遵⑥江夏⑦以⑧流亡。
出国门⑨而轸⑩怀兮，甲之鼂⑪吾以行。

发郢都而去闾⑫兮，怊荒忽其焉极？

楫齐扬⑬以容与兮，哀见君而不再得。

望长楸⑭而太息兮，涕淫淫其若霰（xiàn）。

过夏首⑮而西浮⑯兮，顾龙门⑰而不见。

心婵媛而伤怀兮，眇⑱不知其所蹠⑲（zhí）。

顺风波以从流兮，焉⑳洋洋而为客。

淩阳侯㉑之泛滥兮，忽㉒翱翔㉓之焉薄㉔。

心絓㉕结㉖而不解兮，思蹇产㉗而不释。

将运舟而下浮兮，上洞庭而下江。

去终古㉘之所居兮，今逍遥而来东。

羌灵魂之欲归兮，何须臾而忘反。

背夏浦㉙而西思兮，哀故都之日远。

登大坟㉚以远望兮，聊以舒吾忧心。

哀州土之平乐兮，悲江介之遗风。

当陵阳之焉至兮，淼㉛南渡之焉如？

曾不知夏之为丘兮，孰两东门之可芜？

心不怡之长久兮，忧与愁其相接。

惟郢路之辽远兮，江与夏之不可涉。

忽㉜若去不信兮，至今九年而不复。

惨郁郁而不通兮，蹇侘傺而含戚。

外承欢之汋约㉝兮，谌㉞荏（rěn）弱而难持。

忠湛（zhàn）湛而愿进兮，妒被离而鄣（zhāng）之。

尧舜之抗行兮，瞭杳杳而薄天。

众谗人之嫉妒兮，被以不慈之伪名。

憎愠惀㉟之修美兮，好夫人之忼慨㊱。

众蹀躞[37]而日进兮，美超远而逾迈。

乱曰：曼余目以流观兮，冀壹反之何时？

鸟飞反故乡兮，狐死必首丘。

信非吾罪而弃逐兮，何日夜而忘之？

【注释】

①《哀郢（yǐng）》：《楚辞补注》说："此章言己虽被放，心在楚国（指郢都），徘徊而不忍去，蔽于谗谄，思见君而不得。故太史公读《哀郢》而悲其志也。"这是十分贴切的说法。至于王夫之《楚辞通释》等认为指的是秦将白起破郢，和作品内容不符，故此处不取。郢，现湖北省江陵县西北的郢县故城，楚平王熊居都。作者写这篇赋时，距离他被迫出都大概已经九年，估计为顷襄王时代。哀郢，就是怀念楚国，其中蕴含着自己遭谗被贬的难过及对人民艰苦的同情。

②不纯命：指命运不常，祸福难以预料。纯，常。

③百姓：这个词先秦时期的含义是"百官"，指的是贵族、官僚集团。

④震：震惊。

⑤愆（qiān）：丧失。

⑥遵：顺着。

⑦江夏：长江与夏水（古时夏水从石首到汉阳）中间的狭长地带，叫江夏。

⑧以：义通"而"，连词。

⑨国门：即都城之门。

⑩轸（zhěn）：痛。

⑪甲之鼌（zhāo）：古代用"干支"记日，甲之鼌即甲日那天早上。

⑫闾（lǘ）：里门，在这里指家乡、家园。

⑬齐扬：同时。

⑭楸（qiū）：一种落叶乔木，常植于道路两边。

⑮夏首：应指江陵东南二十五里之夏水口。

⑯西浮：从西面顺水漂流。

⑰龙门：郢都的东城门。

⑱眇：辽远。

⑲所：通"这"，停步的地方。

⑳焉：承接词，有从此、于是的意思。

㉑阳侯：指江水的波浪。古时神话相传，陵阳国侯被水淹死，魂灵化成波浪之神，所以阳侯便成大波浪的代称。

㉒忽：远。

㉓翱翔：指船在水上漂流。

㉔薄：指靠岸。

㉕绖（guà）：通"卦"。

㉖结：打结子，系疙瘩。

㉗蹇产：曲折纪缠。

㉘终古：年代久远。

㉙夏浦：夏首。

㉚坟：江中岛屿沙洲。

㉛淼（miǎo）：水面阔大无边的样子。

㉜忽：迷惘，恍惚。

㉝汋（chuò）约：柔美的样子，这里指小人谄媚的样子。

㉞谌（chén）：确实。

㉟愠（yùn）惀（lún）：大约是形容怨思蕴积于心的样子，当是就忠贞君子而言。

㊱忼（kāng）慨：即"慷慨"，形容情绪激昂奋发的样子。

㊲踥（qiè）蹀（dié）：形容行走的样子。

【译文】

上天的变化反复无常，为什么要使贵族动荡遭殃？

民众妻离子散不能相顾，正当仲春二月却向东逃难。

离开故乡郢都奔到远方，沿着长江和夏水到处流亡。

出了国都的城门，心怀悲痛，甲日早晨我上路而行。

从郢都出发离开旧居，我惆怅恍惚无以复加。

桨儿齐摇船儿却徘徊不前，可怜我再也不能见到君王。

望见故国高大的楸树我不禁长叹，泪落不断像雪粒纷纷坠落。

经过夏水的发源处又向东漂行，回头看郢都东门而不能见。

内心缠绵牵挂不舍而我无比忧伤，渺渺茫茫不知落脚在何方。

顺着风波推移随着江流漂泊吧，于是漂流失所客居他乡。

乘着漫无边际的巨大波浪，船只随波涛起伏一上一下将停止于何处。

心中郁结苦闷而无法解脱，思绪萦绕纠缠难以舒畅。

将要驾着船顺流而下，上溯是洞庭下流是长江。

离开长久居住的故国之地，如今漂泊渐来东方。

梦魂牵萦故都总欲归去，哪里有一时一刻忘记回返。

背离夏口心头仍挂念西方（的郢都），故都日渐遥远真叫人悲伤。

登上江边的高丘举目远望，姑且以此来舒展一下我忧愁的衷肠。

伤心荆楚大地人民还过着平安欢乐的日子，江畔地区还保持着传统的淳朴民风。

面对着波涛浩渺不知道去向哪里，大水茫茫也不知道南渡到何方？

怎料想宗庙宫室竟成荒丘，谁说郢都东门就任其荒芜？

心中久久不悦，忧愁还添惆怅。

想起到郢都道路如此遥远，长江夏水难以涉渡。

恍惚中好像刚离开郢都，不能回郢都至今已有九年时光。

惨恻郁闷襟怀不能舒展，惆怅失意心中悲戚满含。

小人顺承楚怀王的欢心表面柔情媚态，实际上软弱无能难以依赖。

良臣忠心耿耿愿意进身为国效力，嫉妒者便纷纷设置障碍百般阻挠。

唐尧虞舜都有高尚的德行，高远无比可达九天云霄。

众多谗谄小人嫉妒群起诋毁，说他们不爱儿子横加罪名。

楚怀王憎恶内心忠诚却不善于文辞的美德之士，却爱好那些能说会道的奸佞之徒。

那些小人奔走钻营天天进用于君前，修美的贤能者却日益疏远被驱逐，

尾声：张大我的双眼向四方环顾，希望什么时候能返回郢都一趟？

鸟雀飞翔都要归还故土，狐狸死时头一定向着出生的山丘。

确实不是我的罪过却遭放逐，何日何夜我会将故国遗忘！

点师名评

《哀郢》对屈原有着特殊的意义，因为郢都是屈原的故乡，是楚国的首都。那么哀郢本身就有了一种祭奠的意味，亡国的不祥预感充斥整首辞。

"哀郢"即对楚国都城郢都的思念与哀痛，是屈原在楚顷襄王时作于江南流放地陵阳的作品。屈原久被流放，怀念宗国日益炽烈，恰逢楚怀王入秦不返而顷襄王新立，楚国内部各派纷争并起，而秦国又大兵压境，民心惶惶。他面对宗国已危、社稷难保的时局，痛惜自己空有济世之才、匡时之志，却无法施展。在悲愤难平、哀思不已的情况下，便以《哀郢》寄托对楚国及郢都的深切眷恋与刻骨思念。郢都沦陷，流放中的诗人大哭不止，边哭边行，他感到失去了真正的家园，信仰的东西几乎全部坍塌。哀歌的最后，诗人仍然发出往昔的牢骚甚至诅咒。

每次读到这里都忍不住从一个现代人的眼光替屈原惋惜：诅咒得还不够，骂得还不够！因为诅咒得越凶，批判得越凶，对过往那个与君王紧密相关的屈原形象就被清理得越干净，诗人也就有可能走出抑郁，完成一场自我哀悼，也就很有可能不再投江殉君王。但他无法清理更无法斩断自己与君王的关联，心目中理想国君的死去也意味着自己已经死去，投江无非是完成一道最后的手续。

【原文】

心郁郁之忧思兮，独永叹②乎③增伤。

思蹇产之不释兮，曼④遭夜之方长。

悲秋风之动容⑤兮，何回极⑥之浮浮⑦。

数惟⑧荪⑨之多怒⑩兮，伤余心之忧忧⑪。

愿摇起而横奔兮，览民尤⑫以自镇。

结⑬微情⑭以陈词⑮兮，矫⑯以遗⑰夫美人⑱。

昔君与我诚言兮，曰⑲黄昏⑳以为期㉑。

羌中道而回畔㉒兮，反既有此他志。

憍㉓吾以其美好兮，览㉔余以其修姱。

与余言而不信兮，盖㉕为余而造怒㉖。

愿承间㉗而自察㉘兮，心震悼而不敢。

悲夷犹㉙而冀进㉚兮，心怛㉛伤之憺㉜憺。

兹历情㉝以陈辞兮，荪详聋而不闻。

固切人之不媚兮，众果以我为患。

初吾所陈之耿著㉞兮，岂至今其庸亡？

何独乐斯之謇謇㉟兮，愿荪美之可完。

望三五以为像兮，指彭咸以为仪。

夫何极而不至兮，故远闻而难亏。

善不由外来兮，名不可以虚作。

孰无施而有报兮，孰不实而有获？

少歌曰：与美人抽怨兮，并日夜而无正。

侨吾以其美好兮，敖^㊱朕辞而不听。

倡曰：有鸟^㊲自南兮，来集汉北。

好娉佳丽兮，牉^㊳独处此异域。

既惸（qióng）独而不群兮，又无良媒在其侧。

道卓^㊴远而日忘兮，愿自申而不得。

望北山而流涕兮，临流水而太息。

望孟夏之短夜兮，何晦明之若岁^㊵！

惟郢路之辽远兮，魂一夕而九逝。

曾不知路之曲直兮，南指月与列星。

愿径逝^㊶而未得兮，魂识路之营营^㊷。

何灵魂之信直兮，人之心不与吾心同！

理弱而媒不通兮，尚不知余之从容^㊸。

乱曰：长濑湍流^㊹，泝^㊺江潭兮。

狂顾南行，聊以娱心兮。

轸^㊻石崴嵬^㊼，蹇吾愿兮。

超回志度，行隐进兮。

低佪夷犹，宿北姑兮。

烦冤瞀容^㊽，实沛徂^㊾兮。

愁叹苦神，灵遥思兮。

路远处幽，又无行媒兮。

道^㊿思作颂，聊以自救兮。

忧心不遂，斯言谁告兮！

【注释】

① 《抽思》：采用篇中《少歌》头句"抽怨"的意思。把内心珍

藏的愁思一一抽绎出来。文中讲："鸟自南兮，来集汉北。"可见是屈原已离开郢都到汉北所写。蒋骥的《山带阁注楚辞》说："原于怀王，受知有素。其来汉北，或亦谪宦于斯，非顷襄弃逐江南比。"在这所谓"谪宦"，即司马迁所谓"放流"，和后来的"弃逐"或"放逐"不同。

②永叹：长叹。

③乎：《文选》司马相如《长门赋》注引作"而"。

④曼：长。

⑤秋风之动容：指秋风一起，草木摇落而褪色。

⑥回极：回，林云铭《楚辞灯》认为是"四"字之误。即四方的边极。

⑦浮浮：空气浮动的模样。

⑧数惟：多次想起。

⑨荪：香草，喻指楚怀王。

⑩多怒：《庄屈合诂》："《史记》称王怒而疏原。又载其击秦失利，皆以怒而败，固知王之善怒也。"

⑪忧忧：痛心的样子。

⑫尤：灾祸。

⑬结：集结。

⑭微情：谦辞，犹言下情或私衷。

⑮陈词：指作《抽思》赋。

⑯矫：举起。

⑰遗：赠予。

⑱美人：此处指楚怀王。

⑲曰：指楚怀王说。

⑳黄昏：借喻晚节。

㉑期：此句指信任我直到老死。

㉒回畔：改道，改路。此处指背弃。

㉓侨（jiāo）：通"骄"。

㉔览：炫示。

㉕蓋（hé）：通"盍"，为什么，何故。

㉖造怒：故意找生气的理由。

㉗承间：趁机。

㉘自察：自己解说明白。

㉙夷犹：犹豫。

㉚冀进：希望进见。

㉛怛（dá）：担心。

㉜憺（dàn）：古通"惔"，焚烧；一释安定。

㉝兹历情：一本作历兹情。历，列举。

㉞耿著：光明，明白。

㉟謇（jiǎn）謇：形容忠贞切直的样子。

㊱敖（ào）：通"傲"。

㊲鸟：屈原自喻。

㊳胖（pàn）：分离，分别。

㊴卓（chuō）：通"逴"，远。

㊵何晦明之若岁：形容度日如年，难以入眠。

㊶径逝：一直前往，返回郢都。

㊷营营：来回走动的样子。

㊸从容：举动，行为。

㊹濑（lài）：沙石滩上的水流。

㊺沂（sù）：逆流而上。

㊻轸（zhěn）：通"畛"，田间道路。

㊼嵬（wēi）嵬（wéi）：形容石头高低不平的样子。

㊽瞀（mào）容：当为“瞀㝉”，心情烦乱不安。

㊾沛徂（cú）：颠沛困苦地行进。徂，去往。

㊿道：通“导”，表达，表述。

【译文】

我心里郁结的忧思，孤寂地长叹使心中越发悲伤。

愁思纠结心情不能舒展，偏逢如此漫长的夜晚。

可怜萧瑟的秋风移草易木，为什么天地运转得如此快？

多次想到君王常发怒，更让我忧虑愁苦。

我欲随着自己的心性行事，看到人民苦难而勉强镇定。

我用言辞表达心中的深情，把它高高举起献给我的君王。

过去君王和我约定，他说我们到老了相依为命。

谁料中途他却反悔了，如今竟有了二心。

他夸自己是多么的好，向我展示他如何的伟大。

他说的话再也没有信任度，还存心找茬向我发怒。

我想找个时机自己表白，心中因忐忑不安而不敢做。

可怜我还犹豫期望进言，心里苦痛又动荡不安。

把全部的想法直接告诉他，君王却装聋不听。

人因正直就不擅献媚，别人反而视我为眼中钉。

从前我讲的话耿直明了，君王难道今天都忘记了？

为何只有我喜欢多讲，我只盼君王的美德有所光大。

想让君王以三王五霸为榜样，我以彭咸为学习的楷模。

没有什么困难可以难倒我，我的美名传遍四方。

美好的品德由自己培养，自己的名声不可虚夸。

谁能不付出而得好处，哪有不结果实就能丰收的？

少歌道：我向君王倾诉我的深情，日夜不停地给他讲他却不听。

他拿他的美好向我炫耀，傲慢得对我说的话如同没听见一般。

唱道：有只鸟从南方飞来，飞到汉水之北暂栖。

小鸟羽毛丰满非常漂亮，现在却离开群体独自在异地。

小鸟孤独得没有一个朋友，身边也没有人作介绍。

路途遥远已被遗忘，自己想申诉却又办不到。

遥望北山暗暗挥泪，对着流水声声叹息。

初夏的夜晚本来短暂，哪知却如此漫长就像是一年。

思念郢都的路程那么遥远，在梦里灵魂一夜返回九次。

灵魂不知道郢都路是曲是直，向南通过星星和月亮来辨别。

想直接回到郢都却回不去，灵魂来回识路多么劳碌。

为什么灵魂如此诚信耿直，别人的心不和我们在一起？

媒人不能老做媒不成功，他们并不知道我的举动。

尾声：岸边的浅水迅速流过沙滩，我沿着深潭逆流而上。

我一再回望南方的道路，暂时可以抚慰心里的忧伤。

南方的路途高低不平，阻止我回郢都的愿望。

徘徊踯躅，行退两难心中迷茫啊。

犹豫徘徊让我不忍远去，且暂留住于北姑这个地方。

心里忧郁烦闷不安，好想随水迅速流向远方。

忧愁的我叹息神思劳苦，心中又在思念家乡。

离郢都遥远住地又偏僻，又无说合的人在身边。

为了表明我的所思就写了此章，暂时用它来排解自己的愁肠。

我的忧心不能顺畅，我所说的话去对谁讲？

《抽思》是屈原被贬于汉水之北时所作。"抽"，意为抽绎、抽出，"思"意为情思、意绪，"抽思"即将内心的愁绪抽出来、理清楚。屈原被楚怀王疏远而蛰居汉北时，虽然在政治上遭受打击，但仍心怀"存君兴国"之志，忧心国事，思念郢都，意欲回归，一再表达自己对君王的忠诚和对国家的热爱。

另外，本篇的结构非常独特，除结尾有"乱曰"外，文中还有"少歌"和"倡曰"，都是文章的篇章结构，代表着内容结构上的转折。

张炜有个很好的比喻，"诗人实际上只是楚怀王一颗痛苦的卫星。他在天宇里环绕和旋转，在即将销毁的时刻，还仍然向着那个中心：当它焚毁、化为灰烬时，还要投向那个中心。"顾随说中国古代诗歌主流是"无可奈何"时，一定想到了屈原这颗"痛苦的卫星"。古代诗人一般都要入仕做官，忠君爱国几乎是他们最高的人生目标，世上那么多诗人，有几个帝王愿意听从诗人的意见呢？或者有几个诗人的声音能被帝王听见呢？而诗人给出的建议一定正确吗？即便屈原自陈的判断都是正确的，把伴君如伴虎的实际情况想象成"美人"与思慕者之间脉脉含情的情人关系，也不过把权力审美化了，简直超出了常态。

怀　沙①

【原文】

滔滔②孟夏③兮，草木莽莽。
伤怀永哀兮，汨④徂⑤南土。
眴⑥兮杳杳⑦，孔⑧静幽默⑨。
郁结纡（yū）轸（zhěn）兮，离慜⑩而长鞠⑪。

扫码看视频

抚^⑫情效^⑬志兮，冤屈而自抑^⑭。

【注释】

①《怀沙》：指抱着沙石自沉的绝命词，文中所表露的情绪，完全是一个即将死去者的声音。

②滔滔：《史记》引作"陶陶"，暖和的样子。

③孟夏：指旧历四月。

④汩（yù）：迅速。

⑤徂：往，去。

⑥眴（shùn）：看。

⑦杳杳：深远悠长的样子。

⑧孔：甚，很。

⑨幽默：指静寂。

⑩慜（mǐn）：忧患。

⑪鞠（jū）：窘困。

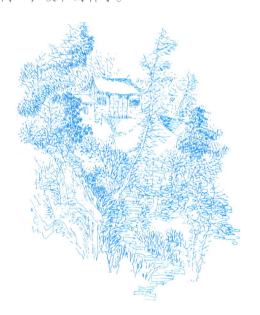

⑫抚：循，按。

⑬效：考核。

⑭自抑：是指强自按捺。

【译文】

旭日高挂在初夏的天上，草木茂盛地生长。
悲伤总是充满胸膛，我匆匆来到南方。
眼前是无尽的苍茫，沉寂得没有一丝声响。
沉郁悲慨充斥着胸膛，伤心困顿的日子是那样绵长。
扪心自问实无过错，自己承受了多少冤枉。

【原文】

刓^①方以为圜兮，常度^②未替。
易^③初^④本迪兮，君子所鄙。

章⑤画⑥志墨⑦兮，前图⑧未改。

内厚质正兮，大人⑨所盛⑩。

巧倕⑪不斲⑫兮，孰察其拨⑬正。

玄文⑭处幽⑮兮，矇瞍⑯谓之不章。

离娄⑰微睇⑱兮，瞽以为无明。

变白以为黑兮，倒上以为下。

凤皇在笯⑲兮，鸡鹜⑳翔舞。

同糅玉石兮，一概㉑而相量。

夫惟党人鄙固㉒兮，羌不知余之所臧㉓。

【 注释 】

① 刓（wán）：刻，削。

② 度：法。

③ 易：改变。

④ 初：初志。

⑤ 章：明。

⑥ 画：规划。

⑦ 墨：指工匠画线用的绳墨。

⑧ 前图：指前人的法度。图，法。

⑨ 大人：指才人和君子。

⑩ 盛：赞许。

⑪ 倕（chuí）：传说是尧时的巧匠。

⑫ 斲（zhuó）：拿刀斧砍削。

⑬ 拨：指弯曲。

⑭ 玄文：黑色的花纹。

⑮ 处幽：待在幽暗的地方。

⑯ 矇瞍（sǒu）：盲人的通称。矇，眼珠看不见称矇。瞍，没有

眼珠称瞍。

⑰离娄（lóu）：也称离束。据说他的眼力很好，能在百步之外，见秋毫之末。

⑱微睇：能看见极细微的东西。睇，斜视，流盼。

⑲笈（nú）：竹笼。

⑳鹜（wù）：指鸭子。

㉑概：古时量米麦等用来刮平斗斛的丁字形工具。

㉒鄙固：鄙陋，顽固。

㉓臧（cáng）：此处指抱负。

【译文】

把方木削成圆木，正常法度也不可更量。

偏离正路而走斜径，终将为君子所诟伤。

就像标注在木材上的墨线，绝不抛弃自身的主张。

品行端正忠厚善良，才人和君子盛赞不已。

不经过能工巧匠的砍削，谁又能把木材的曲直测量？

黑色的花纹放在幽暗之处，盲人会认为黯淡无光。

离娄微睇着眼睛就看得非常清楚，盲人反说他是失明无光。

黑白颠倒，上下混为一堂。

凤凰被关进了笼子，鸡鸭却在肆意飞翔。

美玉和糙石被掺杂在一起，二者竟被等观齐量。

那些卑鄙嫉妒的结党营私之徒，哪里明了我的纯洁高尚。

【原文】

任重载盛①兮，陷滞而不济②。

怀③瑾④握瑜兮，穷不知所示⑤。

邑⑥犬之群吠兮，吠所怪也。

非⑦俊疑⑧杰兮，固庸态⑨也。

文质疏内⑩兮，众不知余之异采。

材⑪朴⑫委积⑬兮，莫知余之所有⑭。

重⑮仁袭⑯义兮，谨厚⑰以为丰。

重华不可遌⑱兮，孰知余之从容！

古固有不并⑲兮，岂知其何故？

汤禹久远兮，邈⑳而不可慕㉑。

惩连㉒改忿兮，抑心而自强。

离慜而不迁兮，愿志之有像㉓。

进路北次㉔兮，日昧昧其将暮。

舒忧㉕娱哀㉖兮，限㉗之以大故㉘。

【注释】

①盛：多。

②不济：成不了，不被利用。

③怀：在衣称怀。

④瑾（jǐn）：指美玉。在这里借喻自己有的品德、才华。

⑤示：告示，给人看。

⑥邑：古代称国为邑。《史记》中此句无"之"字。

⑦非：诽谤。

⑧疑：猜忌。

⑨庸态：指庸人的常态。

⑩文质疏内（nè）：应是文疏质讷，即外表粗疏，心里却刚毅倔强。文，表面的花纹。质，内在的实质。内，读作"讷"，木讷，朴实无华。

⑪材：指有用的木料。

⑫朴：木皮。

⑬委积：指堆积。

⑭所有：指具有的才华。

⑮重：再说一次。

⑯袭：重叠。

⑰谨厚：谨慎，忠厚。

⑱遌（è）：碰到。

⑲不并：指古时的圣贤不能一个时代出现。

⑳邈（miǎo）：远。

㉑慕：依恋想念。

㉒惩连：止恨。连，当从《史记·屈原贾生列传》作"违"，恨的意思。

㉓像：法规，愿自己的品行能被后人效仿。

㉔次：住宿。

㉕舒忧：暂时舒缓忧愁。

㉖娱哀：舒散，发泄忧愁。是指《怀沙》之赋。

㉗限：指规定的期限。

㉘大故：指死亡。

【译文】

我的责任重大而又神圣，却又陷入困境难以担当。

尽管我怀揣珠宝和美玉，身处困境无法向人献上。

村庄里的狗在乱叫乱吠，是它们看到了奇怪的现象。

诋毁英雄人物怀疑俊杰，本是庸人惯有的态度。

我的外表质朴秉性木讷，人们不知我的才能出众。

把有用没用的木料积聚一起，谁能知道我潜在的力量。

我重视高尚的品德和才能的积累，为人谨慎忠厚加强修养。

虞舜已不能相遇，谁又能理解我的言行？

自古以来名君圣贤生不同时，怎能了解其中的缘故？

商汤夏禹离我们甚远，远得难以让我们去瞻仰。

以后我不会再怨恨愤懑了，抑制自己的内心让自己更坚强。

即使遭遇忧患也不改变，希望心中有学习的榜样。

沿着路途行至北方，太阳渐渐落下暮色苍茫。

我要解开忧思和哀怨，期限已到将面对死亡。

【原文】

乱曰：浩浩沅湘，分①流汨兮。

修路幽蔽，道远忽②兮。

怀质抱情③，独无匹④兮。

伯乐⑤既没，骥焉程⑥兮。

万民之生，各有所错⑦兮。

定心广志，余何畏惧兮？

曾⑧伤爰⑨哀，永叹喟兮。

世溷浊莫吾知，人心不可谓⑩兮。

知死不可让，愿勿爱兮。

明告⑪君子⑫，吾将以为类⑬兮。

【注释】

①分：洪兴祖《楚辞补注》一作汾，汾读作"溢（pén）"，《前汉书·沟洫志》颜师古注："溢，踊也。"水凶猛的样子。

②忽：渺茫，形容道远。《史记》于"道远忽兮"以下有"曾吟恒悲兮，永叹慨兮。世既莫吾知兮，人心不可谓兮"四句。

③怀质抱情：即"怀瑾握瑜"，讲自己抱忠信之情，怀敦厚之质。质，指品质。情，指思想。

④匹：朱熹《楚辞集注》："匹，当成正字之误也。"正和下文"程"押韵，证明。

⑤伯乐：善于相马的人。

⑥程：考核，衡量。

⑦错：通"措"，安排。

⑧曾：通"层"，重叠。

⑨爰（yuán）：指衰而不止。

⑩谓：说。

⑪明告：公开告诉。

⑫君子：指彭咸。

⑬类：榜样。

【译文】

尾声：波涛汹涌的沅湘二江，它们一日千里各自奔流。

路途遥远且幽暗多阻，前途遥远而又漫长。

我有高尚的品质和激情，但这有谁能为我证明！

善于相马的伯乐已经死去，千里马还有谁能品评？

人的一世既然要领受天命，上天就会安排各自的命运。

坚定远大的心志，我又有什么可畏惧？

深深的伤害太多的悲哀，不禁让我叹息不尽。

世间黑暗浑浊没有人能理解我，人心叵测实在不好说。

我知道死已不可免去，对待生命我也不愿意吝惜。

明白地告诉那些光明磊落的圣贤，我将以此作为法则。

点评名师

"怀沙"一名有两种说法：一说认为"沙"为"沙石"，"怀沙"即怀抱沙石而自沉；一说认为"沙"为"长沙"，地名，"怀沙"即怀念长沙。因长沙是楚国始祖熊绎始封之地，是楚先祖旧居，故此标题有"鸟飞反乡、狐死首丘"的含义，体现了屈原的宗国故土情结。

在本篇中，作者既强调了自己虽屡受打击，却始终不改高洁的志节，同时也将批判的矛头指向了楚国昏乱颠倒的政治与社会，述说谗佞当道，国君昏聩。全篇言辞激切，情调哀惨，饱含了深深的绝望和将死前的愤激与悲哀之情。

滔滔孟夏，草木莽莽。大自然随时为屈原准备着解脱的机缘，比如《怀沙》，《涉江》中增其哀的风景似乎帮助他重新整理了感受，虽然主调仍是抑郁。

思美人①

【原文】

思美人兮，擥涕②而伫眙③。
媒绝路阻兮，言不可结④而诒⑤。
蹇蹇⑥之烦冤兮，陷滞而不发⑦。
申旦⑧以舒中情兮，志沉菀⑨而莫达。
愿寄言于浮云兮，遇丰隆⑩而不将⑪。
因⑫归鸟⑬而致辞兮，羌宿高⑭而难当⑮。

扫码看视频

【注释】

① 《思美人》：这篇赋为屈原在楚怀王时谪居汉北所写，是继《抽思》后，进一步发挥《抽思》主旨的作品。以篇首"思美人"为篇名。美人，指楚怀王，此为屈原想念楚怀王，期望他幡然醒悟，发愤图强。

② 揽（lǎn）涕：擦干眼泪。揽，通"揽"，收。

③ 伫眙（chì）：长时间站着呆望。伫，久立。眙，瞪眼看。

④ 结：缄，指写信。

⑤ 诒：赠。

⑥ 謇謇：直言直谏。

⑦ 不发：振作不起来。

⑧ 申旦：每天。申，重复。

⑨ 沉菀（yùn）：烦闷而郁结。

⑩ 丰隆：云神。

⑪ 将：送。

⑫ 因：凭，依。

⑬ 归鸟：指鸿雁。

⑭ 宿高：指鸟飞得又高又快。宿，当作"迅"，即速度快。

⑮ 当：值，遇。

【译文】

美人，我是如此思念你，我擦干了泪水伫立久望。

道路受阻现在没有人说合，想说的话也没法和你说。

直言进谏反被冤枉，愁思郁积难以抒发。

我常盼能抒发心里的感情，心情沉重又难以表明。

想让浮云来传达这些话，碰到云神却不肯为我讲情。

想托归郢都的鸟帮忙捎信，可它飞得又高又快难以遇到。

【原文】

高辛①之灵盛兮，遭玄鸟②而致诒③。

欲变节以从俗兮，愧易初④而屈志⑤。

独历年而离愍兮，羌冯心⑥犹未化⑦。

宁隐闵⑧而寿考⑨兮，何变易之可为！

知前辙⑩之不遂兮，未改此度。

车既覆而马颠兮，蹇独怀此异路⑪。

勒骐骥而更驾兮，造父⑫为我操之。

迁⑬逡次⑭而勿驱⑮兮，聊假日⑯以须时⑰。

指嶓冢⑱之西隈⑲兮，与纁黄⑳以为期。

【注释】

①高辛：指高辛氏，古时部族首领帝喾的号。

②玄鸟：即燕子。

③致诒：致赠，传送礼物。

④易初：改变初衷。

⑤屈志：指委屈自己的本意。

⑥冯心：指愤怒的心情。冯，通"凭"。

⑦未化：没消。

⑧隐闵：隐忍痛苦。

⑨寿考：终身。

⑩辙：一本作道。

⑪异路：和大家不同的路。

⑫造父：以善于驾车著名。

⑬迁：延。

⑭逡（qūn）次：逡巡，徘徊不进。

⑮勿驱：不准快跑。

⑯假日：指费时日。

⑰须时：等待时机。

⑱嶓（bō）冢（zhǒng）：山的名字，汉水发源处，在今甘肃天水。屈原当时在汉北，因此举汉水所出立说。

⑲隈（wēi）：山边。

⑳缥（xūn）黄：指黄昏。

【译文】

高辛氏有美好的品德，能够让燕子送去礼物。

想要不顾廉耻随波逐流，可改变原来的心志有愧于心。

我独自多年遭受忧患，愤懑的心情丝毫没有化解。

宁愿忍痛失意终生，怎么可以改变我最初的心志！

我明知道以前的事情不顺，但仍不愿改变这种态度。

尽管车翻了马也倒了，还要坚持走此异路。

我重新乘上千里马拉的车，擅长驾车的造父为我驾车。

车子缓慢前行不用着急，暂且休息等待时机。

指着嶓冢山的西面山崖啊，约好黄昏时分在那里相见。

【原文】

开春发岁①兮，白日出之悠悠。

吾将荡志②而愉乐兮，遵江夏③以娱忧。

擥④大薄⑤之芳茝⑥兮，搴⑦长洲之宿莽。

惜吾不及古人⑧兮，吾谁与玩⑨此芳草？

解⑩萹薄⑪与杂菜⑫兮，备以为交佩⑬。

佩缤纷⑭以缭转⑮兮，遂萎绝⑯而离异。

吾且僵佪以娱忧兮，观南人⑰之变态⑱。

窃快在其中心兮，扬⑲厥凭⑳而不竢㉑。

芳与泽其杂糅兮，羌芳华㉒自中出。

纷郁郁㉓其远承兮，满内㉔而外扬㉕。

情㉖与质㉗信㉘可保兮，羌居蔽㉙而闻㉚章㉛。

【注释】

①开春发岁：指春的开始，岁的发端。

②荡志：指排解心情。

③江夏：长江与夏水。

④擥：采取。

⑤薄：林丛。

⑥芳茝：香芷。

⑦搴（qiān）：拔取。

⑧古人：指古时候的圣贤。

⑨玩：观赏，鉴赏。

⑩解：拔取。

⑪萹（biān）薄：又称萹竹。一年生蓼（liǎo）科草本野生植物。

薄，指成丛的杂草。

⑫杂菜：恶菜。

⑬交佩：左右佩带。

⑭缤纷：指繁盛。

⑮缭转：指环绕。

⑯萎绝：枯萎了。用来形容楚怀王不欣赏芳草，却拿恶草杂菜佩带满身，至其枯死而后已。

⑰南人：指郢都以南人。

⑱变态：不正常的情态。

⑲扬：弃。

⑳凭：指愤懑。

㉑竢（sì）：指等待。

㉒华：通"花"。芬芳的花儿能卓然自见，不为腐臭所玷污。闻一多《楚辞校补》："出字不入韵，疑此二句上或下脱二句。"

㉓郁郁：指香气浓烈。

㉔满内：指内部充盈。

㉕外扬：向外扩散。

㉖情：指外在感情。

㉗质：本质。

㉘信：真正，确定。

㉙蔽：指幽僻的地方。

㉚闻：声名。

㉛章：通"彰"，即明。

【译文】

春天来了新的一年又开始了，白天的时间越来越长。

我要放松心情尽情欢乐，沿着江夏而行以解忧虑。

我采摘草丛中的芳茝，还把长洲上的宿莽也摘下。

可叹我没赶上古贤人，能和谁一起共赏这些芳草呢？

采下丛生的蒏薄和杂菜，备置他们左右佩带的装饰。

很多佩饰美丽缤纷一时，最终却枯萎凋零被扔在一旁。

我暂时在这里徘徊消解忧愁，欣赏南方人的不正常的情态。

心里暗暗地洋溢欢乐，要舒散愤懑不再等待。

芳香和污浊杂混在一起，芳香总不会被恶臭挡住。

芳香浓郁的花香慢慢飘散，充盈于内自会向外扩散。

只要外表本质确实美好，处境虽不好但名声依然传遍四海。

【原文】

令薜荔以为理①兮，惮举趾②而缘木③。

因芙蓉④而为媒兮，惮褰⑤裳而濡⑥足。

登高⑦吾不说⑧兮，入下吾不能。

固朕⑨形⑩之不服⑪兮，然⑫容与⑬而狐疑。

广遂⑭前画⑮兮，未改此度也。

命则处幽⑯，吾将罢⑰兮，愿及白日之未暮⑱。

独茕茕⑲而南行兮，思⑳彭咸之故㉑也。

【注释】

①理：媒人，媒介。

②举趾（zhǐ）：抬起脚。

③缘木：指爬树。

④芙蓉：莲花。

⑤蹇（qiān）：通"褰"，掀起衣裳。

⑥濡（rú）：沾湿。芙蓉长在水中，欲寻求它做介绍人，可又怕下水弄湿了脚。薜荔、芙蓉，喻指在位的故友。

⑦登高：指缘木。

⑧说：通"悦"。

⑨朕：我。

⑩形：身形。

⑪服：习惯。

⑫然：乃。

⑬容与：指徘徊不进。

⑭广遂：指广泛地实现。

⑮前画：意思是原来的谋划，指发愤图强等。

⑯处幽：即"居蔽"的意思。居住在幽僻的地方。

⑰罢（bà）：通"罢"，休止。一通"疲"，疲惫。

⑱日之未暮：比喻人的生命尚有时日。

⑲茕（qióng）茕：孤独。

⑳思：思慕。

㉑故：指故迹。指彭咸谏君不听而自杀的事情。屈原改变节操固然不愿意，等待机会又等待不了，因此要效法彭咸之死谏，期望楚怀王能够醒悟。

【译文】

想令薜荔去给我做媒，而我又不愿意抬脚上树去摘。

想派芙蓉为我上前去说合，我又不愿意提裳下水采。

上树采摘薜荔我心里不高兴，下水采集芙蓉我心里不痛快。

本来是我的身形不适于当世啊，可是我心中却徘徊犹豫。

我在完全按照以前的计划，这样的准则从没改变过。

命中注定居住在幽僻的地方，我也将就此停止啊，也要趁生命还未结束而有所作为。

我独自向南行走，彭咸故迹让我更加思念。

《思美人》是屈原在放逐江南途中所作，大致可以分为四段，首段叹息思念君王而无法沟通；二段回顾在朝中所受的冤屈；三段表示愿意观赏南方的土俗；末段则表达及时回返朝中的愿望。作者将人间、历史、现实和神话等超越时空的人物付诸笔端，抒发了思念君王却得不到表白心志的机会、无法接受变节以从俗邀宠的郁怨，也坚定了始终执守高洁人格、美政理想和宁死不变节的信念。

惜往日①

【原文】

惜往日之曾信②兮，受命诏③以昭时④。

奉⑤先功⑥以照下⑦兮，明法度之嫌疑⑧。

国富强而法立兮，属⑨贞臣⑩而日娭（xī）。

秘密⑪事之载心⑫兮，虽过失犹弗治⑬。

心纯庞⑭而不泄⑮兮，遭谗人而嫉之。

扫码看视频

君含怒而待臣兮，不清澂⑯其然否。

蔽晦君之聪明兮，虚惑⑰误⑱又以欺。

弗参验⑲以考实⑳兮，远迁㉑臣而弗思㉒。

信谗谀㉓之溷浊㉔兮，盛气志㉕而过㉖之。

【注释】

①《惜往日》：这章是屈原临终前的作品，应在《怀沙》之前。篇名《惜往日》者，痛惜谗臣蔽君让自己的政治理念无法实现，申述自己因此要死的苦衷，期望楚怀王终能醒悟。

②曾信：曾获得楚怀王的信任。

③命诏：诏令，君王对臣民所发布的命令。

④昭时：使时世清明。即辅助楚怀王治理国家。时，一本作诗。

⑤奉：继承。

⑥先功：先人的制度，或祖先的功业。

⑦照下：告知下民。

⑧嫌疑：指法令模糊的地方。

⑨属（zhǔ）：托付。

⑩贞臣：屈原自称。

⑪秘密：努力。

⑫载心：指放在心里，有不辞劳苦的意思。

⑬治：定罪。

⑭纯庞（máng）：敦厚。

⑮不泄：指不泄露机密。

⑯清澂（chéng）：澂，通"澄"，即清，一作澈。指弄清楚事实的真相。

⑰虚惑：把无称有叫虚，把假称真叫惑。

⑱误：误人。

⑲参验：指参较证验。

⑳考实：查找真相。

㉑远迁：指迁到汉北。

㉒弗思：不假思索。

㉓谀谀（yú）：指谗佞阿谀的人。

㉔涽（hùn）浊：指混淆是非的谣言。

㉕盛气志：很生气。

㉖过：责罚。

【译文】

回忆往日我被信任，领受诏命为政使时世清明。

遵奉先王的功业福照万民，使法度严密无疑可存。

国家日渐富强法律已制定，政治托付忠臣而君王安乐无事。

我勤于国事不辞劳苦，虽有过失但君王并没有责罚。

我心性敦厚态度严谨，却遭奸佞之徒嫉恨。

君王信谗言含怒对我，竟弄不清事情的真假。

小人们蒙蔽了君王的视听，他们无中生有颠倒是非。

君王也不去验证查实，把我远远流放不念一丝旧情。

他听信颠倒是非的谗言，怒气冲冲地把罪名加在我的身上。

【原文】

何贞臣之无罪兮，被离谤①而见尤。

惭②光景③之诚信兮，身幽隐而备④之。

临沅湘之玄渊⑤兮，遂自忍而沉流？

卒没身而绝名兮，惜雍君⑥之不昭⑦。
君无度⑧而弗察兮，使芳草⑨为薮幽⑩。
焉舒情而抽信⑪兮，恬死亡⑫而不聊⑬。
独鄣雍而蔽隐⑭兮，使贞臣为无由⑮。

【注释】

① 离谤：指遭受诽谤。

② 惭：悲伤忧愁。

③ 光景：光明。

④ 备：具备。

⑤ 玄渊：水呈黑色的深渊。

⑥ 雍（yōng）君：被蒙蔽的君王。

⑦ 不昭：不明。

⑧ 无度：无标准。

⑨ 芳草：借喻贤人。

⑩ 薮（sǒu）幽：指大泽的深处。

⑪ 抽信：讲述一片忠心。

⑫ 恬死亡：指安于死亡。

⑬ 不聊：不苟生。

⑭ 鄣雍而蔽隐：重重障碍。

⑮ 无由：指无路可达。

【译文】

为何忠臣本没有罪过，却要受到诽谤而被定罪。

可叹啊阳光无所不照，我身居幽隐之地仍能感受到。

来到沅湘江边的深渊，就此忍心自沉江流？

终将死去而名声断绝，可叹君王昏庸不明。

君王不去了解真相也不核实，竟把香草丢弃在大泽深处。

该如何抒发感情陈述内心的真情，我宁愿死也不愿偷活在世间。

只因重重阻碍，令忠臣无路可接近君王。

【原文】

闻百里①之为虏兮，伊尹②烹于庖（páo）厨。

吕望屠于朝（zhāo）歌兮，宁戚③歌而饭牛。

不逢汤武与桓④缪⑤兮，世孰云而知之？

吴⑥信谗⑦而弗味⑧兮，子胥⑨死而后忧。

介子⑩忠而立枯⑪兮，文君⑫寤而追求。

封介山而为之禁⑬兮，报大德⑭之优游⑮。

思久故⑯之亲身⑰兮，因缟素⑱而哭之。

或忠信而死节兮，或訑谩⑲而不疑。

弗省察而按实⑳兮，听谗人之虚辞。

芳与泽其杂糅兮，孰申旦㉑而别之？

何芳草之早殀兮，微霜㉒降而下戒。

谅㉓聪不明㉔而蔽壅兮，使谗谀而日得㉕。

【注释】

①百里：百里奚。于晋虞战争中被晋国抓住，晋献公把他当成女儿陪嫁的奴隶给了秦国。而后逃出秦国到楚国，被楚国守边的人抓到，这时秦穆公才知道他是一个贤能的人，便拿五张羊皮把他赎回，让他做大夫，参与国事，辅佐穆公成就了霸业。

②伊尹：原是有莘氏的陪嫁奴隶，当过厨师，后来任商汤之相，辅助商汤消灭夏桀。

③宁戚：春秋时期卫国人，贤人。

④桓：齐桓公。

⑤缪（mù）：通"穆"，秦穆公。

⑥吴：指吴王夫差。

⑦信谗：指听信太宰伯嚭的谗言。

⑧弗味：指不能玩味分辨。

⑨子胥（xū）：即伍子胥，吴国大将。吴王夫差打败越王勾践后，曾两次兴兵伐齐，伍子胥认定越是吴的心腹之患，应该消灭越，不要伐齐。夫差不从，反而听信太宰伯嚭的谗言，逼他自杀。不久吴国就被越国消灭了。

⑩介子：介子推，春秋时期晋文公的臣子。

⑪立枯：指抱着树立着被烧焦。

⑫文君：晋文公。晋文公做公子时，被父妾骊姬谗毁，流亡在外面十九年，后在随臣的帮助下回晋国即位。随臣介子推不屑与别人争功，独奉母逃隐在绵山中。而后晋文公想起他的功劳，派人去找他却找不到，命令烧山，期望他能出来。介子推坚决不下山，最终抱着大柳树被烧死。

⑬禁：指封山。

⑭大德：指介子推跟随晋文公流亡的途中，缺少粮食，他割了自己的股肉给晋文公吃。

⑮优游：形容大德宽广的样子。

⑯久故：指多年的故旧。

⑰亲身：不弃左右的亲近。

⑱缟（gǎo）素：指白色的丧服。

⑲扡（tuó）谩：欺诈。

⑳按实：证实。

㉑申旦：指明白。

㉒微霜：即肃霜，《诗经·七月》："九月肃霜。"这句用霜降而草枯比喻忠臣被排挤，是因为奸臣进谗言。

㉓谅：料想。

㉔聪不明：即听不明。

㉕日得：指日益得逞。

【译文】

听闻百里奚以前当过奴隶，伊尹因善于烹饪做过厨师。

吕望以前在朝歌做屠夫，宁戚夜里唱歌喂牛诉苦。

不逢商汤武王齐桓秦穆，世人还会有谁知道他们的长处？

吴王信谗言不辨好坏，伍子胥死后国家败亡。

介子推忠心耿耿却被烧死，晋文公醒悟时已经难以追悔。

封介山为禁地不准樵猎，以报介子推的大德。

思念多年来亲近的手下，因此穿着丧服去哭祭他。

有的人忠心却守节而死，有的人为人欺诈却被信任。

不根据事实详细调查，只是听奸人说的假话。

芳草与杂草混在一起，谁能清楚地辨认？

为什么芳草总是过早凋谢，寒霜从天而降给以警示。

君王耳目不清被蒙蔽，使小人日渐得势。

【原文】

自前世之嫉贤兮，谓蕙若①其不可佩。

妒佳冶②之芬芳兮，嫫母③姣而自好④。

虽有西施⑤之美容兮，谗妒人以自代⑥。

愿陈情以白行⑦兮，得罪过之不意⑧。

情冤⑨见之日明⑩兮，如列宿⑪之错置⑫。

乘骐骥而驰骋兮，无辔⑬衔⑭而自载⑮；

乘氾⑯泭⑰以下流兮，无舟楫而自备。

背法度而心治⑱兮，辟⑲与此⑳其无异。

宁溘死而流亡兮，恐祸殃之有再㉑。

不毕辞㉒而赴渊㉓兮，惜壅君之不识。

【注释】

①蕙若：蕙草与杜若，都属香草。

②佳冶：漂亮。

③嫫（mó）母：相传是黄帝的妃子，相貌极丑。

④自好：自认为美丽。

⑤西施：春秋时越国的美女。

⑥自代：指自己取而代之。

⑦白行：表明作为。

⑧不意：指出于意外。

⑨情冤：指是非曲直。

⑩日明：指日益分明。

⑪列宿：列星。

⑫错置：安置，陈列。

⑬辔（pèi）：马缰绳。

⑭衔：指勒马口的铁。

⑮自载：自己乘载。

⑯氾（fàn）：通"泛"，浮起。

⑰汷（fú）：通"桴"，竹木编制的筏子。

⑱心治：凭主观意见办事。

⑲辟：通"譬"，好像。

⑳此：指乘马无辔衔，氾汷无舟楫。

㉑祸殃之有再：指再发生祸殃。按屈原大约死于顷襄王十五六年，到顷襄王二十一年秦兵拔鄢郢，取洞庭五湖及沅湘等地，则屈原的预见得到验证。

㉒不毕辞：指话没说完。

㉓赴渊：指投水。

【译文】

自古以来忠臣总遭诽谤，还扬言香草不能佩戴在身上。

嫉妒美人的美丽，丑女嫫母搔首弄姿自以为妖媚漂亮。

纵使有西施一样的容貌，谗妒的人也要除掉她。

想陈述心意表明忠心，却被意外降罪难以预料。

我的冤情已日益明朗，如同罗列在天上的星星。

我想驾着骏马纵横驰骋，却没配置骑马的行头；

想乘木筏顺流而下，却没有船桨而要自备。

违背规则只凭意志办事，就与上面的情况没什么区别了。

宁愿马上死去随流水飘逝，只怕祸殃再一次到来。

我的话还没讲完就走向了深渊，可叹昏庸的君主不懂。

名师点评

《惜往日》记载了屈原的一些生平史实，在很多学者看来，这首辞是屈原临终前的作品，而临终前的写作，往往从追忆开始。《惜往日》，顾名思义，写的是对往日的追思与叹息。又是以首句来命名篇名，自然全辞都是从追忆开始的。

这篇作品分为四层，内容仍是抒发从追忆当初自己被宠信的时光，到如今流落此地、无以进谏的痛苦。第一层，追怀受到楚怀王信任时的那些愉快经历。第二层，讲述因为谗人的诋毁而逐渐被君王疏远的过程。第三层，屈原不厌其烦地复述历史上那些被他在辞中一遍遍提到的名字：忠臣明君和佞臣昏君。当后代的读者从这种重复的历史追述中感到厌倦的时候，屈原本人应该也不能忍受自己了。所以，第四层写他只有走向死亡，也必须走向死亡。

荷马史诗《伊利亚特》以歌唱特洛伊战争中英雄之首阿喀琉斯的愤怒作为开篇，屈原却笼罩在另一种愤怒，君王的愤怒之中。天子一怒，伏尸百万。《惜往日》中诗人第一次看清"美人"修辞遮掩下昏君的事实，或者之前他只是一次次防御性地推迟看见这个事实。而死，给了他前所未有的勇气。屈原死节，死谏。"宁溘死而流亡兮，恐祸殃之有再。不毕辞而赴渊兮，惜壅君之不识。"

橘　颂①

【原文】

后皇②嘉③树，橘徕④服兮。
受命⑤不迁⑥，生南国兮。
深固难徙，更壹志兮。
绿叶素荣⑦，纷其可喜兮。

扫码看视频

曾⑧枝剡⑨棘，圆果抟⑩兮。

青黄⑪杂糅，文章⑫烂⑬兮。

精色⑭内白⑮，类可任⑯兮。

纷缊⑰宜修，姱而不丑兮。

【注释】

①《橘颂》：指赞赏橘树。橘树是江南的特产，作者以橘树自喻。对此辞的写作时间，说法很多，从"嗟尔幼志""年岁虽少"等语看，应该是屈原于仕三闾大夫时所写。

②后皇：地与天的代称。后，指后土。皇，指皇天。

③嘉：美好貌。

④徕（lái）：通"来"。

⑤受命：指遵循自然的生命，即秉性。

⑥不迁：不移植。

⑦素荣：白花。

⑧曾：通"层"。

⑨剡（yǎn）：尖利。

⑩抟（tuán）：通"团"，用手团物使成圆形。

⑪青黄：指果实颜色。

⑫文章：即文采，指橘子的颜色。

⑬烂：指斑斓。

⑭精色：指鲜明的颜色。

⑮内白：内瓤洁白。

⑯可任：可以担起重任。

⑰纷缊（yūn）：茂盛的样子。

【译文】

橘啊，你这天地间的佳树，生下来就适应这片水土。

你禀承天命决不迁徙，生长在南方大地。

根深蒂固难以迁移，那是由于你专一的意志。

绿叶衬着白花，繁茂得让人欢喜。

你的枝条层叠棘刺锐利，圆圆的果实非常饱满。

青黄的果实相映成趣，橘子的色彩鲜润绚丽。

雪白的瓤金黄的表皮，真像可担重任的样子。

橘树芳香浓郁修饰得体，天生异常美丽婀娜。

【原文】

嗟①尔②幼志③，有以异兮。

独立不迁，岂不可喜兮？

深固难徙，廓④其无求⑤兮。

苏世⑥独立，横⑦而不流⑧兮。

闭心⑨自慎⑩，不终失过兮。

秉德⑪无私，参⑫天地兮。

愿岁并⑬谢⑭，与长友兮。

淑⑮离⑯不淫⑰，梗⑱其有理⑲兮。

年岁虽少，可师长兮。

行比伯夷⑳，置㉑以为像㉒兮。

【注释】

①嗟：感叹词。

②尔：指橘。

③幼志：儿时的志向。

④廓：指心胸开阔超脱。

⑤无求：无所求。

⑥苏世：醒世。

⑦横：指横绝，意谓特立独行。

⑧不流：指不随波逐流。

⑨闭心：指坚贞自守，不因外力而动摇。

⑩自慎：同"闭心"。

⑪秉德：指怀德。

⑫参：配合。

⑬并：疑"不"之声误。

⑭谢：辞去。

⑮淑：善。

⑯离：通"丽"。

⑰不淫：指不惑。是说橘美好而不动摇。

⑱梗：耿直，指橘的枝干。

⑲理：指木材的纹理。

⑳伯夷：殷末孤竹君的长子，因为不满周武王伐殷，不食周粟，饿死在首阳山。古时一直把他看成是有清高节操的人物。

㉑置：建立，树立。

㉒像：指榜样。

【译文】

惊叹你从小志向与众不同。

巍然独立而不变更，怎能不令人欢欣？

根深蒂固难以移动，胸襟开阔无所欲求。

清醒卓立在人间浊世，决不随波逐流。

闭敛心扉保持审慎，始终不犯过错。

秉持道德公正无私，和天地同在。

愿与岁月一起流逝，和你长久相伴永远为友。

心灵美好而不淫乱，坚强正直而有条理。

年纪虽小，可为人师。

高洁德行有如伯夷，以你为榜样来学习。

　　《橘颂》即对橘的颂歌，是屈原自比志节如橘，不可移徙。《橘颂》是我国文学史上第一首文人咏物诗，开后世咏物诗的先河。本篇以细腻生动的笔触从橘树外形开始描绘，全景观照、细节刻画、内外结合、总分交汇，在有限的篇幅内腾挪变化，成功地塑造了橘树的美丽外表。全辞不仅是赞美橘树，更是屈原的自况，他将橘树绰约风姿比拟为坚守操守、保持公正无私品格的君子，挖掘出其超乎寻常的品性—独立不迁、深固难移、遗世独立、闭心自慎、柔德无私，创设出咏橘述志、描物喻人的圆融诗境。

　　"年岁虽少，可师长兮。行比伯夷，置以为像兮。"可以推断，《橘颂》为诗人早年的咏唱。"那时候他的心情还没有变得恶劣，目光还没有被阴云遮蔽。哀怨无踪，忧愤无形，只愿以树为友，自我砥砺。整个诗章都散发着一种橘树的清新气，一种可人的芬芳；它的整个气韵像年轻向上的诗人一样，清新、爽利，孕育无限生机。"（张炜《楚辞笔记》）。

悲回风①

【原文】

　　悲回风之摇蕙②兮，心冤结③而内伤。

　　物④有微而陨性兮，声⑤有隐⑥而先倡⑦。

　　夫何彭咸⑧之造思⑨兮，暨⑩志介⑪而不忘！

扫码看视频

万变^⑫其情岂可盖兮，孰虚伪之可长！

鸟兽鸣以号群兮，草苴^⑬比^⑭而不芳。

鱼葺^⑮鳞以自别兮，蛟龙隐其文章。

故荼荠^⑯不同亩兮，兰茝幽而独芳。

惟^⑰佳人^⑱之永都^⑲兮，更^⑳统世^㉑而自贶^㉒。

眇远志^㉓之所及兮，怜浮云之相羊^㉔。

介^㉕眇志之所惑兮，窃^㉖赋诗之所明^㉗。

【注释】

①回风：旋风。此处指蕙草被旋风吹动而悲伤。文中三次以彭咸自比，表明是临死之前的作品。屈原五月五日跳江，那这篇大概是跳江前一年的秋冬所作。全文没有事实的叙述，都是抒情，而且较多地运用了双声叠韵联绵词，来抒发自己秋冬季节的思想感受。

②蕙：指香草，屈原的自喻。

③冤结：冤枉而郁结。

④物：指蕙。

⑤声：指秋风之声。

⑥隐：指声音低。

⑦先倡：不响亮。

⑧彭咸：殷朝的贤大夫。

⑨造思：追思。

⑩暨（jì）：与。

⑪介：靠近。

⑫万变：指自己遭受的苦难。

⑬苴（chá）：枯草。

⑭比：并在一起。

⑮葺（qì）：整理，修饰。

⑯荼（tú）荠（qí）：苦菜和甜菜。荼，苦菜。荠，甜菜。

⑰惟：思念。

⑱佳人：屈原的自比。

⑲永都：表示永远美好。

⑳更：经历。

㉑统世：世代。统，古人称一个朝代为一统。

㉒贶（kuàng）：通"况"，在此是比的意思。

㉓眇远志：远大的志向。眇，通"渺"，遥远。

㉔相羊：通"徜徉"，漂流不定的样子。

㉕介：疑当训"其"。

㉖窃：指私下，自谦之词。

㉗明：表明。

【译文】

旋风摇撼可怜的蕙草，我的内心郁结愁思和悲伤。

蕙草微小容易失去性命，秋风声虽然小却最先传扬。

是什么缘故竟使我思念彭咸，他的高尚品德难以遗忘！

情感万变难以掩盖，哪有虚伪的情意可以长久！

鸟兽鸣叫是为了呼唤同伴，香草和枯草不能堆积在一起散发芬芳。

群鱼修饰鳞片彼此炫耀，蛟龙却隐藏美丽的鳞。

因此苦菜甜菜要分开种植，兰茝身处幽静的地方独自散发芳香。

思念圣贤永远那么美好啊，怡然自得经历千秋万代。

细看我想实现的远大志向，可悲得像浮云徜徉无止。

因心志渺远难以理解，私下写出诗赋来表明心态。

【原文】

惟佳人①之独怀②兮，折若椒③以自处。

曾④歔（xū）欷（xī）之嗟嗟兮，独隐伏而思虑。

涕泣交而凄凄兮，思不眠以至曙。

终长夜之曼曼兮，掩此哀⑤而不去⑥。

寤⑦从容以周流⑧兮，聊逍遥以自恃⑨。

伤太息之愍怜兮，气於邑⑩而不可止。

纠⑪思心⑫以为纕兮，编愁苦以为膺⑬。

折若木⑭以蔽光兮，随飘风之所仍⑮。

存⑯髣髴⑰而不见兮，心踊跃⑱其若汤⑲。

抚珮袵（rèn）以案志⑳兮，超㉑惘惘而遂行。

岁忽忽㉒其若颓㉓兮，时㉔亦冉冉㉕而将至。

蘋（fán）蘅㉖槁而节离兮，芳以㉗歇而不比。

怜思心之不可惩㉘兮，证此言之不可聊。

宁逝死而流亡兮，不忍为此之常愁。

孤子㉙吟而抆泪兮，放子出而不还。

孰能思而不隐兮，照彭咸之所闻。

【注释】

①佳人：屈原的自称。

②独怀：胸怀与众不同。

③若椒：二者都是香草。若，杜若。椒，申椒。

④曾（céng）：屡。

⑤掩此哀：指掩此悲。

⑥不去：不可以去怀。

⑦寤：觉醒。

⑧周流：周游。

⑨自恃：指自我依赖。

⑩於邑：呜咽。於，通"呜"。

⑪纠（jiū）：通"纠"，纠结。

⑫思心：犹指思绪。把思绪结为佩带，指思绪萦绕。

⑬膺：原意是胸，引申为护胸的内衣。比如现在的肚兜或背心。把愁苦织成肚兜，意思是愁苦填胸。

⑭若木：古时神话里的大树，长在太阳落山的地方。

⑮仍：因循。

⑯存：指客观存在的东西。

⑰髣（fǎng）髴（fú）：好像，仿佛。

⑱踊跃：跳动。

⑲汤：沸水。

⑳案志：指忍耐激愤的心情。

㉑超：怅惘，若有所失。

㉒曶（hū）曶：通"忽忽"。

㉓颓（tuí）：坠落。

㉔时：指生命的限期。

㉕冉冉：渐渐。

㉖蘅（héng）：香草。

㉗以：通"已"。

㉘惩：制止。

㉙孤子：屈原的自称，自哀茕茕独立。

【译文】

独独我的胸怀与众不同，采摘杜若申椒自己安置。

我一次又一次地长叹，虽独处幽隐却引起万千思虑。

我伤心的眼泪不断流淌，思虑难眠直到天亮。

熬过漫漫的黑夜，难以掩住心里的悲伤。

醒后动身四处游荡，暂时畅怀自我逍遥。

满腹的悲愁使我悲叹不已，气郁急促难以顺畅。

将无数的愁思编成佩带，把无限的愁苦编成背囊。

折下嫩木枝来遮住光线，任由旋风把我卷去何方。

仿佛旁边的一切都恍惚不见，我的心像沸水般跳动。

整理衣襟、抚摸玉佩来稳定心志，心里惆怅地走向前方。

岁月匆匆而过，我的一生即将终结。

草枯了、叶凋了、花谢了，芳香散失了。

可怜我的痴心无法改变，证实所说的话是多余的。

宁可忽然死去随水流逝，也不忍为这些事经常忧愁。

像孤儿拭泪呻吟，又像被丢弃的孩子一样无家可归。

谁能忧思焦虑而没有痛苦，真想知道彭咸的处世风度。

【原文】

登石峦①以远望兮，路眇眇②之默默③。

入景响之无应④兮，闻省⑤想而不可得。

愁郁郁之无快兮，居⑥戚戚而不可解。

心鞿羁⑦而不形⑧兮，气缭转而自缔⑨。

穆⑩眇眇之无垠兮，莽⑪芒芒⑫之无仪⑬。

声⑭有隐⑮而相感⑯兮，物⑰有纯⑱而不可为。

蒬⑲蔓蔓之不可量⑳兮，缥㉑绵绵㉒之不可纡㉓。

愁悄悄㉔之常悲兮，翩㉕冥冥㉖之不可娱。

凌㉗大波而流风㉘兮，托㉙彭咸之所居。

【注释】

①峦：指小而陡峭的山。

②眇（miǎo）眇：辽远的样子。

③默默：沉寂没有声音。

④景响之无应：表明在山野没人迹的地方。景，通"影"。

⑤省：省察。

⑥居：疑为"思"之误。

⑦靰羁：控制马的缰绳，此处引申为所受的约束。

⑧形：应从，一本作开。

⑨气缭转而自缔（dì）：这句讲气息缭绕纠结不开。

⑩穆：静穆。

⑪莽：指苍茫，野色迷茫。

⑫芒芒：通"茫茫"。

⑬仪：形态。

⑭声：指秋声。

⑮隐：微。

⑯感：感应。

⑰物：指万物。

⑱纯：指物的朴质。

⑲藐（miǎo）：通"邈"，遥远。

⑳不可量：无法预料。

㉑缥（piāo）：形容高远的样子。

㉒绵绵：指连绵不绝。

㉓纡（yū）：通"迂"，弯曲，萦绕。

㉔悄（qiǎo）悄：忧愁的模样。

㉕翩：快速地飞。

㉖冥冥：幽暗。

㉗凌（líng）：乘。

㉘流风：指顺风而流。

㉙托：依托。

【译文】

登上山岩向远处眺望，前路渺茫而又寂静。

进入那空旷阴影万籁俱寂的境界，谁也不能无想又无念。

心中的愁思郁结又没有乐趣，思虑难分难解凄凉悲切。

思想被束缚着难以舒展，我的气息忧闷而不畅通。

宇宙渺茫又没有边际，天地宽广无与伦比。

声音听不见却可以感应，纯洁美好之物却无奈殒殁。

漫长遥远的路途没法估量，忧思绵绵不可断绝。

愁思常常伴随着我，神魂飞逝心情才会畅快。

我要乘波涛随风而去，走向彭咸所居的深渊。

【原文】

上高岩之峭岸兮，处雌蜺①之标颠②。

据青冥^③而摅（shū）虹兮，遂儵忽而扪（mén）天。

吸湛^④露之浮源^⑤兮，漱^⑥凝霜^⑦之雰雰^⑧。

依风穴^⑨以自息^⑩兮，忽倾寤^⑪以婵媛^⑫。

冯^⑬昆仑以瞰^⑭雾兮，隐^⑮岷山^⑯以清江^⑰。

惮涌湍^⑱之礚礚^⑲兮，听波声之汹汹。

纷容容^⑳之无经^㉑兮，罔^㉒芒芒之无纪^㉓。

轧^㉔洋洋^㉕之无从^㉖兮，驰委移^㉗之焉止。

漂^㉘翻翻其上下兮，翼^㉙遥遥其左右。

氾^㉚潏^㉛潏其前后兮，伴^㉜张弛^㉝之信期^㉞。

观炎气^㉟之相仍^㊱兮，窥烟液^㊲之所积。

悲霜雪之俱下兮，听潮水之相击。

【注释】

① 雌蜺（ní）：虹的一种，色泽比较淡，又称副虹。

② 标颠：顶点。

③ 青冥：青天。

④ 湛：浓重，浓厚。

⑤ 浮源：形容露浓重的样子。源，一本作凉。

⑥ 漱：漱口。

⑦ 凝霜：指凝结的霜华。

⑧ 雰（fēn）雰：霜浓重的样子。

⑨ 风穴：古神话里的地名，位于昆仑山，是风源泉所在。

⑩ 自息：自己休息。

⑪ 倾寤：转身醒来。

⑫ 婵媛：情思缠绵。

- 184 -

⑬冯（píng）：通"凭"，依傍。

⑭瞰：俯视。

⑮隐：依凭。

⑯岐山：即岷山。此句是讲岷江起源的地方。古人以为此是长江的正源。

⑰清江：指长江。

⑱涌湍：急流。

⑲礚（kē）礚：通"磕"。水石互相冲击的声音。

⑳容容：通"溶溶"，纷乱的样子。

㉑无经：无经纬的省略，指水势翻腾汹涌。南北为经，东西为纬。

㉒罔：通"惘"，迷惑。

㉓纪：头绪。

㉔轧：倾轧，指水势。

㉕洋洋：水盛大的样子。

㉖无从：指漫无所从。

㉗委移：通"逶迤"，水流弯曲的样子。

㉘漂：讲江水起伏翻滚。

㉙翼：飞动。

㉚氾（fàn）：通"泛"。

㉛淢（yù）：水溢出的样子。

㉜伴：通"判"，判别。

㉝张弛：指涨落。

㉞信期：指潮水的涨退有一定的时间，一天两次涨退。

㉟炎气：指夏季的郁蒸之气。

㊱相仍：指一起降落。

㊲烟液：指地气上升所凝集的水珠。

【译文】

我登上险峻陡峭的高山巅，身处五彩的虹霓上。
我倚靠苍天舒展彩虹，刹那间抚摸到青天。
我吸着浓厚的甘露感受着凉爽，还含漱飘然降下的冰霜。
我靠在风穴的旁边歇息，突然醒悟后不禁惊慌。
靠着昆仑山俯瞰云雾，倚靠岷山眺望清澈的长江。
滚滚云雾奔涌让人感到胆寒，澎湃的波涛声汹涌震天。
内心烦乱没有条理，心中迷惘不知身处何方。
后浪推着前浪不知从何而来，曲折奔腾又要向何方流淌。
波浪滚滚上下翻卷着，浪涛左右摇晃激荡。
潮水上下翻飞汹涌泛滥，在一定的时间里涨落。
我观察不断变化蒸腾的热气，看到蒸腾的热气积聚成的水滴。
悲叹霜与雪一块降下，听到潮水相互冲击。

【原文】

借光景①以往来兮，施②黄棘③之枉策。
求介子④之所存⑤兮，见伯夷之放迹。
心调度⑥而弗去⑦兮，刻著志⑧之无适。
曰：吾怨往昔之所冀兮，悼来者之愁⑨愁。
浮江淮而入海兮，从子胥⑩而自适⑪。
望大河⑫之洲渚⑬兮，悲申徒⑭之抗迹⑮。
骤⑯谏君而不听兮，重任石⑰之何益！
心絓结⑱而不解兮，思蹇产⑲而不释。

【注释】

①光景：指日光月影。

②施：用。

③黄棘：神话里的木名，带刺。

④介子：介子推。

⑤所存：隐居的遗迹。

⑥调度：思忖，安排。

⑦弗去：指不可去怀。

⑧刻著志：指意志坚定。

⑨怵（tì）：通"惕"，警惕。

⑩子胥：指伍子胥。伍子胥被迫自杀后，吴王夫差把他的尸体抛入江中。

⑪自适：指顺随自己的心愿。

⑫大河：黄河。

⑬洲渚：指水中的沙洲，大者称洲，小者称渚。

⑭申徒：申徒狄，殷末贤者，多次进谏，纣王不听，抱石投河自杀。

⑮抗迹：高行。

⑯骤：屡次。

⑰重任石：一作任重石，可从。任，背负。

⑱絓（guà）结：打结，此处喻指心中郁结。

⑲蹇产：曲折纠缠。

【译文】

我乘着日月的光辉往来于天地间，用弯曲的黄棘制作的马鞭驾驭。
找寻介子推的所在地，寻觅古代圣贤伯夷的遗迹。

心中深思不能释怀，约束自己的意志不愿离去。

尾声：我怨恨从前的希望破灭，悼念后来的事情让人忧惧。

愿意随长江和淮河漂流到海，跟随伍子胥了却自己的心愿。

我望见了黄河中的沙洲，为申徒狄高尚的事迹感到悲哀。

多次向君王进谏不被采纳，背负重石投河又有什么益处？

我心中的牵挂没有办法解除，忧思郁结在内心愁思难去。

名师点评

《悲回风》表达的当是屈原自沉前不久，因秋夜愁苦不堪，难以入睡，感回风吹起，凋伤万物，抒发兰草独芳，君子遭乱而不变其志的内心愤懑之情。

《悲回风》没有叙事成分，全篇为诗人内心的独白。由诗人见"回风之摇蕙"的观物之感，联想到美好事物因遭受暴力摧残而毁灭，内心感情沉郁，意境迷离，充满了悲伤的气氛和绝望的情绪。

本篇自古以来亦备受称赞，因为全篇几乎没有现实的描述，主要是情绪的抒发和意境的营造。这种发生在近乎梦境之中的深沉、惶惑、孤独、幽怨情绪，自古以来打动了不少读者，也充分表现出作者的心理变化，难怪古今总有学者认为这是绝笔。

延伸/阅读

"五羖大夫"百里奚

百里奚是春秋时期楚国的宛邑人，他博学多才，有着治国之才。百里奚有一个朋友名叫蹇叔，在他的举荐下，百里奚当了虞国的大夫。在西周时期，虞国是一个强大的国家，但是到了春秋时期，虞国的国势越来越弱，国君也不思朝政，百里奚屡次劝谏都无济于事。公元前655年，晋献公借道虞国灭了虢（guó）国，在班师回朝的路上又顺便灭了虞国。百里奚被俘虏到晋国，成了一名奴仆。

不久，晋献公要把女儿嫁给秦穆公，便选了一些奴仆作为陪嫁，百里奚就是其中之一。百里奚不甘心做奴隶，就乘人不备，在半路逃走了。他逃到楚国，被楚国人抓住，帮助楚国人养牛。由于他养的牛比别人养的都强壮，名声很快就传到了楚怀王的耳朵里。楚怀王便召他进宫，让他做了楚国宫廷的一名养马官。

而秦穆公得知晋国来的陪嫁队伍中逃走了一个名叫百里奚的家奴，又听说百里奚是个很有才能的人，就暗地里派人四处打听百里奚的下落。后来得知百里奚在楚国，便想用重金赎买他，可是又怕引起楚国人的注意，就派人给楚怀王带话说："我有个家奴名叫百里奚，他逃到了这里，请允许我用五张羊皮把他赎回。"楚怀王觉得百里奚留在楚国也没什么用场，就答应了。

此时，百里奚已经七十多岁。他来到秦国，秦穆公亲自为他解除禁锢，并安排了盛大的欢迎仪式，令百里奚非常感动。秦穆公向他询问国家大事，百里奚连忙推辞："我是亡国之臣，哪里值得您来询问？"秦穆公说："虞国国君不重用您，所以亡国了。这不是您的罪过，因为您没有遇到像我这样的明君。"后来，百里奚成为秦穆公的重臣，辅佐秦穆公成了"春秋五霸"之一。由于百里奚是用五张羊皮赎回来的，所以号称"五羖（gǔ）大夫"。

学海／拾贝

☆ 与天地兮同寿，与日月兮同光。

☆ 船容与而不进兮，淹回水而疑滞

☆ 吾不能变心而从俗兮，固将愁苦而终穷。

☆ 余将董道而不豫兮，固将重昏而终身！

☆ 鸟飞反故乡兮，狐死必首丘。

☆ 苏世独立，横而不流兮。

☆ 闭心自慎，不终失过兮。秉德无私，参天地兮。

☆ 后皇嘉树，橘徕服兮。受命不迁，生南国兮。

卜　居

　　"卜"即问卜，"居"即居处，"卜居"即"卜己居世何所宜行"，也就是通过占卜，解决自己"何去何从"的疑惑。这一篇主要记述的就是屈原在彷徨迷茫之际，找太卜郑詹尹卜问自己处世的方法和态度，以解答心中的疑惑。这一篇与屈原的其他作品，在风格上的差异较大，篇中"屈原既放""屈原曰"等句，均是以第三者的角度转述的，所以现代大多数研究者认为这一篇并不是屈原所作，而是后人假托。

【原文】

　　屈原既放，三年①不得复见。

　　竭知尽忠，而蔽鄣于谗。

　　心烦虑乱，不知所从。

　　往见太卜②郑詹尹③曰："余有所疑，愿因先生决之。"

　　詹尹乃端策④拂龟⑤，曰："君将何以教之？"

扫码看视频

【注释】

　　①三年：不知具体指什么时候，按照词义来看，大约是楚怀王时

谪居汉北后的三年。

　　②太卜：国家管理卜筮（shì）的官。

　　③郑詹尹：太卜的名字。

　　④端策：把蓍草摆好。策，指蓍草，用以筮。

　　⑤拂龟：指擦去龟壳上的尘土，全是卜筮前虔诚的表示。龟，龟壳，用来占卜。

【译文】

　　屈原遭到流放，已经三年不能和楚怀王相见。

　　他用尽心力效忠君王，可他还是遭到小人的谗言。

　　他心中烦乱不知该如何是好。

　　就去拜访太卜郑詹尹，屈原说："我有许多问题想不明白，想请教先生给我决断。"

　　詹尹赶忙摆好蓍草，拂拭灵龟，说："您想要知道哪些方面呢？"

【原文】

　　屈原曰："吾宁悃悃款款①朴以忠②乎？

　　将送往劳来③斯无穷乎？宁诛锄草茅以力耕乎？

　　将游④大人⑤以成名乎？宁正言不讳以危身乎？

　　将从俗富贵以媮⑥生乎？宁超然高举⑦以保真⑧乎？

　　将哫訾⑨栗斯，喔咿儒儿⑩以事妇人⑪乎？宁廉洁正直以自清乎？

　　将突梯滑稽⑫，如脂如韦⑬，以洁楹（yíng）乎？

　　宁昂昂⑭若千里之驹（jū）乎？

　　将氾氾⑮若水中之凫乎，与波上下，偷以全吾躯乎？

　　宁与骐骥亢轭⑯乎？将随驽马之迹乎？

宁与黄鹄⑰比翼乎？将与鸡鹜⑱争食乎？

此孰吉孰凶？何去何从？

世溷浊而不清，蝉翼为重，千钧⑲为轻；黄钟⑳毁弃，瓦釜雷鸣；谗人高张㉑，贤士无名。吁嗟默默兮，谁知吾之廉贞！"

【注释】

① 悃（kǔn）悃款款：诚实勤恳。

② 朴以忠：纯朴耿直。

③ 送往劳来：指四处周旋，善于应酬。

④ 游：游说。

⑤ 大人：一般指有权势地位的人。

⑥ 媮（tōu）：苟且。

⑦ 高举：洁身自爱。

⑧ 真：通"贞"。

⑨ 呪（zú）訾（zī）：阿谀奉承。

⑩ 喔（ō）咿（yī）儒儿：强装欢笑的样子。

⑪ 妇人：楚怀王宠爱的妃子郑袖。

⑫ 突梯滑（gǔ）稽：举止圆滑，口齿伶俐，能够与世俗相合。

⑬ 如脂如韦：韦，熟牛皮。指光滑得像油脂，柔软得像熟牛皮，用来形容善于适应环境。

⑭ 昂昂：气宇轩昂样子。

⑮ 氾氾：飘浮。

⑯ 轭（è）：车前套马用的横木。

⑰ 黄鹄（hú）：天鹅。

⑱ 鹜（wù）：鸭。

⑲ 钧：三十斤为一钧。

⑳黄钟：古乐十二律之一，声调洪亮。

㉑高张：指在朝廷占主要位置。

【译文】

屈原说："我是应诚实勤恳效忠国家？

还是要油嘴滑舌地周旋于世？是应努力耕作除草助苗？

还是四处奔走游说诸侯以求得名利？应该不怕危及自身大胆直言？

还是要贪图富贵苟且活在世上？是应远走高飞保住性命？

还是阿谀奉承屈己从俗，奴颜婢膝一样取媚妇人？

应该廉正清白于世？还是圆滑随俗没有骨气，

像油脂滑腻熟牛皮般柔软？应该昂首挺胸如矫健的千里驹？

还是像水中的野鸭浮游不定，随波逐流苟且保全身躯？

应与骏马齐驱奔驰？还是要跟随劣马的步伐？

应与黄鹄一起展翅飞翔？还是与鸡鸭为争抢食物而斗气？

这到底是哪个吉利哪样凶险？哪样可以做哪样不可以做？

这个社会真是污浊不清，千钧之物反而被说成比薄薄的蝉翼还轻；青铜制的音色洪亮的黄钟却被销毁抛弃，鄙俗的瓦锅声音反被当成乐器响如雷鸣；谗佞小人嚣张跋扈，贤能之人却声名埋没。

我叹息着只能不说话，谁能知道我的廉洁坚贞？"

【原文】

詹尹乃释策而谢，曰："夫尺有所短，寸有所长①；物有所不足，智有所不明；数②有所不逮③，神有所不通。用君之心，行君之意，龟策诚不能知此事。"

【注释】

①尺有所短，寸有所长：指尺虽然比寸长，可在特定情况下反而

不如寸产生的作用；寸虽然比尺短，可在某些情况下比尺更能派上用场。比喻事物各有长处与短处。

②数：卦数。

③逮（dài）：到。

【译文】

詹尹放下蓍草抱歉地说："测量物体的尺度也不一定准确，万物都会有不足之处，聪明的人也会有不明理之时，卦数也不一定什么都能算出来，神灵的法力有时也会不灵验。按您自己的意愿去做事，龟壳蓍草实在不能预测此事。"

点评名师

《卜居》是一篇散文诗，本篇题名意为通过占卜来决定该采取什么样的态度来对待社会现实。全篇采用散文笔法，一连提出十几个问题，来问卜处世方法和态度。其实，屈原是无疑而问，有感而发。他假借卜筮贞问的方式，表达自己对黑暗现实的激愤和抗争，针砭现实，警醒世俗，从侧面表述自己的崇高志向和高贵品质，以显示自己不愿与世俗同流合污的心志。

本篇采用主客问答的形式，用骈偶和散行句结合，用韵自由，或一句一韵，或隔句押韵，句式或两两对仗，或长短参差，已经在一定程度上脱离楚辞体，开了汉代散体赋的先河，对后世文学创作影响颇大。

延伸/阅读

楚国占卜

在我国古代，人们最常用的占卜就是《周易》，较为常用的有龟甲、兽骨，除此之外，还有用竹竿、石子等进行占卜的。而在《卜居》中，詹尹所用的不是《周易》，而是"端策拂龟"。"端策拂龟"具有两个较为突出的特点：工具是"策"和"龟"；方法可能是楚国特有的。

其工具"策"和"龟"，可能与商朝时期的甲骨占卜颇有渊源。"甲骨"就是龟甲和兽骨的统称，龟甲通常是龟腹甲，兽骨通常是牛肩胛骨。在古代，人们对占卜所用工具的材质极为讲究。人们普遍认为，龟与龙、凤、麟同为"四灵"，所以龟甲自然就成了人们占卜用物的首选。另外，不同社会阶层的人所使用的工具也是有规定的。据记载，天子占卜所用龟甲尺二寸，诸侯所用为八寸，大夫所用为六寸，士民所用为四寸。

在占卜前，首先要把甲骨钻凿好，然后用火在甲骨背面凿处灼烧，甲骨的正面就会出现"卜"字形的裂纹，这也是甲骨文"卜"字的由来。其中钻处出现的裂纹叫作"兆枝"，凿处出现的裂纹叫作"兆干"，然后以此来判断吉凶。在占卜完毕之后，要将所卜之事或占卜的结果刻在甲骨上，所以又叫"卜辞"。卜辞一般由叙辞、命辞、占辞和验辞四部分组成，叙辞记录的是占卜的时间、地点和占卜者；命辞记录的是所卜之事；占辞记录的是吉凶；验辞记录的是占卜后的应验结果。

学海/拾贝

☆ 竭知尽忠，而蔽鄣于谗。

☆ 此孰吉孰凶？何去何从？

☆ 世溷浊而不清，蝉翼为重，千钧为轻；黄钟毁弃，瓦釜雷鸣；谗人高张，贤士无名。

☆ 夫尺有所短，寸有所长；物有所不足，智有所不明；数有所不逮，神有所不通。

☆ 用君之心，行君之意，龟策诚不能知此事。

渔 父

名师导读

《渔父》是一篇以议论为主的散文诗。全篇内容大致可分为三个部分。第一部分屈原出场，主要交代了故事发生的背景、地点和屈原的特定情况。第二部分渔父上场，主要描写的是渔父与屈原之间的问答。渔父问了屈原两个问题，一问他的身份，二问他落魄的原因，从而引出屈原的答话，进而展开议论。最后一部分主要描写的是渔父在听了屈原的再次回答之后的反应，表现了一种隐者超然的心态。

【原文】

屈原既放，游于江①潭，

行吟泽畔，颜色憔悴，形容枯槁。

渔父见而问之曰："子非三闾大夫②与？何故至于斯？"

【注释】

①江：此处指沅江。

②三闾大夫：官名，管理楚国屈、景、昭三姓宗族谱牒等事的主要人物。屈原曾担任这一职位。

【译文】

屈原已经遭到放逐，他来到沅江边游荡，

他沿着江岸边走边吟唱，他的面色憔悴精神不振，

他衣裳单薄骨瘦如柴。渔翁见到屈原便问他："您不是三闾大夫吗？为什么会落魄到这种地步？"

【原文】

屈原曰："举世皆浊我独清，

众人皆醉我独醒，是以见放。"

渔父曰："圣人不凝滞于物^①，

而能与世推移^②。

世人皆浊，何不淈其泥而扬其波^③？

众人皆醉，何不餔^④其糟^⑤而歠^⑥其醨^⑦？

何故深思^⑧高举，自令放为^⑨？"

屈原曰："吾闻之：新沐^⑩者必弹冠^⑪，

新浴者必振衣^⑫。

安能以身之察察^⑬，受物之汶汶^⑭者乎？

宁赴湘流，葬于江鱼之腹中。

安能以皓皓之白^⑮，而蒙世俗之尘埃乎？"

【注释】

①不凝滞于物：对客观存在的事物没有刻板的看法。

②与世推移：随俗从流。

③淈（gǔ）其泥而扬其波：同流合污。淈，混浊。

④餔（bū）：吃。

⑤糟：酒滓（zǐ）。

⑥歠（chuò）：通"啜"，饮。

⑦醨（lí）：通"漓"，薄酒。糟歠醨，即与世同醉。

⑧深思：指担心君王和人民，即"独醒"。

⑨自令放为：为何自己遭到放逐。

⑩沐：指洗头发。

⑪弹冠：把帽子上的灰尘去掉。

⑫振衣：抖掉衣服上的灰尘。

⑬察察：洁白的样子。

⑭汶（mén）汶：玷辱。

⑮皓皓之白：比喻人品的高洁。

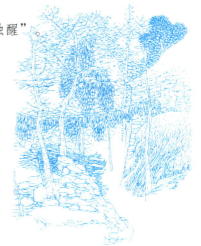

【译文】

屈原说道："整个世道都是污浊的，只有我是清白的，

众人都喝醉了，只有我是清醒的，因此被放逐。"

渔翁听后劝他说："圣人不拘泥于任何事情，

而且能跟随世道的变化。

既然世上的人全都肮脏，您为何不推波助澜把泥水弄得更污浊？

既然世上每个人都喝醉了，您为何不跟着吃酒糟喝薄酒？

为什么您偏偏忧国忧民行为超俗与众不同，以至于自己遭到放逐的下场？"

屈原说："我听说过这样的话：新沐者必弹冠，

新浴者必振衣。

谁又能让自己洁白的身体蒙受尘垢的污染呢？

我宁愿跳进那长流的江水，葬身在江鱼腹中。

怎能让纯洁的品德去蒙受世俗尘垢的污染呢？"

【原文】

渔父莞尔①而笑，鼓枻②而去。

歌曰："沧浪③之水清兮，可以濯吾缨④；

沧浪之水浊兮，可以濯吾足。"

遂去，不复与言。

【注释】

①莞尔：微笑的样子。

②枻（yì）：楫，划桨泛舟。

③沧浪：水名。蒋骥《山带阁注楚辞》云："武陵龙阳，有沧山、浪山及沧浪之水。"《沧浪歌》见于《孟子》，可见是广为流传的曲子。江水初夏涨时则污浊，秋末落时则清澈。

④缨（yīng）：拴帽子的带子。清水濯吾缨，浊水濯吾足，是讲适应处境，好"与世推移"之意。

【译文】

渔翁听完后微微一笑，拍打着船桨离屈原而去。

嘴里唱道："沧浪江水清又清，可用来洗洗我的头巾；

沧浪江水浊又浊，可用来洗洗我的双脚。"

于是渔父离开，不再与屈原说话。

名师点评

《渔父》是一篇极富思想性的优美辞篇。全篇以屈原和渔父两人问答的形式出现，表现了屈原被放逐之后的形象和思想。两人在交谈之间，渔父所流露出的随俗俯仰、与时沉浮的处世观和屈原形成了鲜明的对比。全篇都以这种对比的方式进行问答，阐述了两种完全不同的人生态度和处世哲学，突出了屈原在"举世皆浊""众人皆醉"的困顿处境中，执着坚守自己清白高洁的人格精神和"宁为玉碎不为瓦全"的决心。

延伸/阅读

楚狂接舆劝孔子

在我国历史上，也有很多像《渔父》一文中所描写的渔父那样的隐士，为后人留下了一些传奇的故事，比如楚国的接舆。

接舆，是春秋时期楚国著名的隐士。姓陆，名通，字接舆，今湖南省桃江县人。接舆平时"躬耕以食"，即以种田为生，由于对当时的政治不满，就剪掉头发，整天假做癫狂，也不出去做官，所以又被人叫作楚狂接舆。在《论语·微子》中记载有他唱《凤兮歌》劝孔子的故事。

有一年，孔子周游列国来到楚国。接舆唱着歌从孔子车前走过，他唱道："凤鸟呀凤鸟呀！为什么你的德行逐渐衰退了呢？过去的事情已经无法劝阻，未来的事情还来得及防范。算了吧，算了吧！现在那些从政的人有多么危险啊！"孔子下车，想和接舆交谈一下，可是接舆赶快走开了，拒绝与孔子交谈。

接舆所唱的内容，是告诉孔子礼崩乐坏已经成为现实，谁也没有办法挽救，劝孔子不要再徒劳地周游列国恢复周礼了。

这一故事在《庄子·人间世》中也有相关记载。唐代李白也曾写下"我本楚狂人，凤歌笑孔丘"的名句。

学海/拾贝

☆ 举世皆浊我独清，众人皆醉我独醒，是以见放。

☆ 圣人不凝滞于物，而能与世推移。

☆ 世人皆浊，何不淈其泥而扬其波？众人皆醉，何不餔其糟而歠其醨？

☆ 新沐者必弹冠，新浴者必振衣。安能以身之察察，受物之汶汶者乎？

☆ 宁赴湘流，葬于江鱼之腹中。安能以皓皓之白，而蒙世俗之尘埃乎？

☆ 沧浪之水清兮，可以濯吾缨；沧浪之水浊兮，可以濯吾足。